一天心动

张烜滈　著

宁波出版社
NINGBO PUBLISHING HOUSE

图书在版编目（CIP）数据

一天心动 / 张烜滈著 . -- 宁波 : 宁波出版社，
2025. 6. -- ISBN 978-7-5526-5660-2

Ⅰ . I247.5

中国国家版本馆 CIP 数据核字第 2025W20K64 号

一天心动

YITIAN XINDONG

张烜滈　著

出版发行	宁波出版社 （宁波市甬江大道 1 号宁波书城 8 号楼 6 楼　315040）
责任编辑	罗樱波
责任校对	谢路漫
装帧设计	金字斋
印　　刷	宁波白云印刷有限公司
开　　本	889 毫米 ×1194 毫米　1/32
印　　张	6.5
字　　数	106 千
版　　次	2025 年 6 月第 1 版
印　　次	2025 年 6 月第 1 次印刷
标准书号	ISBN 978-7-5526-5660-2
定　　价	58.00 元

如发现缺页或倒装，影响阅读，请与出版社或印刷厂联系调换

电话：0574-87248279（出版社）

0574-87328764（印刷厂）

目 录

第一天：

初遇

闹钟在清早准时响起。

白钰星不记得昨天那个梦里是谁的面孔，但不得不承认昨夜是一次难得的好觉，十二分难得。

上一次睡得如此香甜是什么时候？也许是上学期吧？又或许是去年暑假？谁知道呢？他现在唯一知道的，是此刻，他必须迈出历史性的一步了——从被窝中脱身。然后，是熟悉的流程：洗漱、整理床铺，随后前往食堂——不过这次，他不用像往常那么匆忙了，想在这种情况下迟到也算挺有难度了。

窗帘被呼啸着拉开，晨光倾泻入这个小小的寝室，照在墙上的涂鸦和日历上。

4 月 21 日被精致地撕下，那么 4 月 22 日就正式开始了。

阳光明媚的周三。当然，也有令人心动的信息与体育两节课打出的组合拳。周三，多好的日子啊！

起床铃响起不久，白钰星就已套上校服，神清气爽地离开寝室，留下他的三个室友在床上蠕动。

早饭照例是香喷喷的饭团、油条、里脊肉、煎蛋，一样不少。不过，白钰星不打算在食堂解决。难得早起一次，他也得赶快回到教室，一边品味早饭，一边品读昨天读了一半的小说。这才是理想的高中生活！

回教室的路不短不长，恰好够他感受晨风的清新。

一开教室门，果不其然，已经有两三个同学开始了一天的内卷。白钰星自然毫不在意，拿起那本《暗网》就看了起来。

难得的好书！他一看便不可收，直到同桌在他身旁坐下戳了戳他："哎，几点啦？"

左手腕上本该出现的手表并没有在那儿。白钰星暗叫一声"坏了"，毫不犹豫地向寝室发起冲锋。他才不想度过一个没手表的上午！

喘息还没停下，他已经竭力在枕边摸索到了

心爱的手表，又大跨步下了楼梯。

要迟到了！还剩一分钟。白钰星不得已在长长的走廊上发起了冲刺。可是，前方拐角处突然出现一个红色的身影。完了！

全力减速未果，他将身子往右侧一偏，可还是把对方手中的一摞书蹭着了。

书散落一地，白钰星回过神来："对不起，对不起！我帮你捡！"

"谢谢。"回应他的是一个女声，干净、清澈。

白钰星还没来得及抬头看一眼对方，地上的一本《暗网》先映入眼帘。"你也看这个？"他问，抬头看向她平静的脸。

"哦？这么巧吗？"她笑笑，可听见上课铃的响起，忙整好手中的书堆，匆匆走了。

白钰星自然也慌忙了："哦不！我又迟到了！"

被班主任抓个正着的白钰星来不及解释，就被迫在门口站了一整节早自习。不过，他也懒得与这个不讲理的老头争辩。亏得他还是教物理的呢！没办法，他只能静待早自习下课。

还没下课，便有人传来了好消息。"今天第一节英语和上午最后一节语文换课！"啊？还有这等好事？要知道，他们的语文贾老师可是拖课的一把好手。但是，一旦他和上课经常跑题的英语Miss 姚换课，那便无须为中饭而发愁了。

真是美好的一天！

上课了：语文课，昏昏欲睡；数学课，头脑风暴；物理课，云里雾里；化学课，笑料频出。

紧接着，就是英语课了。Miss 姚不知从什么开始谈起，又莫名地扯到了她与前夫初识的故事，同学们聚精会神地听着那场发生在图书馆的浪漫偶遇，可白钰星想起了那本《暗网》。

她叫什么名字呢？

不过，现在想这个也没什么用了——下课铃响了，该吃中饭了。

不错，中饭热乎着呢。

午觉后的第一节生物课略显枯燥，白钰星一心只想快进到下一节信息课去机房打游戏——和他的好朋友卢正枫一起。

紧接着，便来到体育课。简单的热身后，自由活动开始了。卢正枫把排球夹在腋下，招呼着白钰星。白钰星自然不会错过这场激动人心的班际友谊赛。1 班的家伙们，等着我们赢吧！

大汗淋漓的两队人员到下课也没分出胜负，

决胜局的比分僵持在 29 比 29，谁也不让着谁，似乎是场永无止境的对局。

“下次再战！”卢正枫叫嚣着，拉着白钰星踏上了回教室的路。

一袭红衣在楼梯口出现。

可并不是那个她。

白钰星感到些许失落。

“劲爆消息！惊天大瓜！”百事通刘飞宇冲入晚自习下课时分喧闹的班级中，立刻被一群人围住。

白钰星没有走上前，只是坐在位置上侧耳听着，手中还是那本《暗网》。

“据说……高三有个女学姐……”他故弄玄虚的停顿引发了众人的不满。“快点啊！”“难道还有男学姐？别说那些废话啦！”“就是！”

“好……好……有个学姐跳楼啦！”

然后，教室沸腾了。白钰星再也听不到什么，便继续读起小说来。

之后的晚自习没发生什么。坐班的 Miss 姚刷着手机，没把同学们的窃窃私语放在眼里。中途，有巡视的副校长在窗口张望，同学们这才消停了会儿。幸好，白钰星看小说的样子没被看到。

夜里，躺在床上，白钰星回想着刘飞宇的话。高三学姐？说起来，那个她好像也是高三的吧？毕竟，他的印象中高二没有这样的一个人。“那么，就比我高一届了呢。”他想。

他手表的指针在夜里发出幽幽的荧光。他入眠了。但愿好梦。

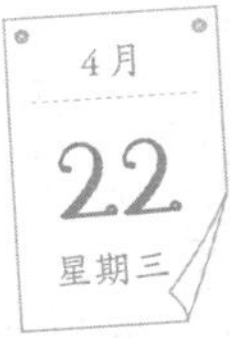

第二天：

再遇

闹钟在一大早准时响起。

白钰星记不清昨夜梦里的那张面孔，不过昨天似乎睡得挺不错。

他努力从被窝中钻出，穿上衣服、裤子，踩着拖鞋将窗帘一把拉开。晨光倾泻而入，映在墙上的日历上。

该撕日历，然后开启新的一天了，他想。于是，4月21日被精致地撕下，4月22日的字样显现在他眼前。嗯，星期三，不错，既有信息课又有体育课，而且是个艳阳天。周三，多好的日子啊！

起床铃刚响起没多久，白钰星就出了寝室，惬意地去食堂买了他最爱的饭团，然后自在地走在回教室的路上。清风拂过绿叶，将自然的气息吹向校园的每一个角落。

一只蝴蝶翩然飞来，镇定自若地落在白钰星的左手上。他把手抬起，然而蝴蝶没有任何飞走的意思。“怎么回事？”白钰星提起拎着饭团的左手正欲驱赶蝴蝶，可下一秒，它飞走了。也正是这时，他空荡荡的左手手腕使他意识到一件大事。

我的手表呢？应该落在寝室里了吧？

现在，回头是岸。再次回到寝室，他的两个室友和卢正枫刚从床上下来。“怎么又回来了？”“来拿手表。”

抵达教室后，白钰星翻开《暗网》，开启了一天的阅读之旅。

“哎，几点了？”同桌用手肘戳了戳他，使他从书中回过神来。“六点三十五。”他看了眼手表，发现自己已经看了二十多分钟的书了。“哎，你今天怎么来这么早？”“我可不想再被那‘老孙头’骂了呢！而且我昨天晚上睡得不错，早上起来神清气爽。”“哦？这么卷？”“你看看我在干吗？”白钰星晃了晃手中的《暗网》，没好气地说，“我可不是内卷的料！”

早自习快结束了，Miss 姚与贾老师换课的消息传来，像一阵春风。

真是美好的周三！

上午的课无非是这样：无趣的语文课，令人秃顶的数学课，如听天书的物理课，令人捧腹的化学课，以及众人最爱的英语课——哦不，应该是“故事会”才对！

中饭很美味。午觉很安稳。生物课很无聊。信息课和体育课很热血——前一节课他勇夺“神枪”称号，后一节课他们成功在班际排球友谊赛中战胜了1班，这也让大家十分得意。

再然后，就是自习课、晚饭和晚自习了。

“劲爆消息！惊天大瓜！”刘飞宇不知何时回到了班级中。白钰星对八卦什么的并没有过于感兴趣，于是，他就留在自己的座位上等待刘飞宇说出下文。

这时，戴圆框眼镜的物理课代表江妍妍拍了拍白钰星：“孙老师找你。”

无奈，他只得前往班主任的办公室迎接一个未知的结果。

“钰星啊，你人呢，是聪明的，可就是少了点认真的态度。我听同学说，你今天一早就来了，说明你是有能力改掉迟到的坏习惯的……”

后面的一番话，白钰星并不想听，只是不断点头。

“好了，你去吧！”

白钰星一出办公室，就感受到一阵迅疾的风——是两个隔壁班著名的活宝又在上演追逐游戏。他们险些撞到白钰星，但却撞到了迎面走来的另一个人。她怀中的一堆书被撞得散落一地。然而，肇事的二人早已不见踪影。

是谁这么倒霉呀？白钰星望去，是一位红衣女生，生得也算清秀。他伸手扶了下黑框眼镜，摇摇头，弯下腰去。

上课铃已经响了，白钰星本想就此回去，可他瞥见了地上散乱的书中有一本与他一模一样的《暗网》。

他打算去帮一把她：“你也在看这本书吗？安染写的《暗网》。”他走过去，伸手帮她去捡那本小说。

“哇，这么巧吗？谢谢你帮忙啦。”她莞尔一笑，却对上了白钰星迷茫又有些许惊恐的眼神，“你怎么了？”

“没，没事……今天是星期四吗？”

“嗯？不是啊，今天不是星期三吗？”

“也对,也对……星期三……”他念叨道,“你……见过我吗？”

“嗯？没有印象哎……”她有些诧异，“我们在哪里见过吗？”

他点头，又摇头：“算了，算了……我，我先走了……”他眨眨眼，直起身子来。

“你好奇怪。不过，你叫什么名字？我是柯雨棠，交个朋友吧！”

“白钰星。”

之后的晚自习，他没有打开那本《暗网》。

他有些不明白。

直到他躺在床上，安慰自己只是做了一个很长的梦，即使梦里的一切是如此清晰，且与现实一一对应，他才带着不解和困意，进入了梦乡。

但愿是梦。

4月

22

星期三

第三天：

心电

一大早，闹钟准时响起。

不知为什么，白钰星觉得自己神清气爽，看来是昨晚睡眠高质量的缘故。

穿上衣服，拉开窗帘，撕去昨天的日历，迎接全新的周三。今天是 4 月 22 日，离大考还有些远，白钰星大可放心地摆烂，沉浸于书的世界——说起来，昨天看的《暗网》真是太妙了，他已经迫不及待回到教室继续看了。

“暗夜中的高塔投射出时空之影。”这是他昨天合上书前读的最后一个句子。今天，又会遇上什么呢？

“哎，几点了？”他同桌戳了戳他，将他的思绪从《暗网》的世界中拉回。

他一抬左腕，坏了！手表不会是忘在寝室了吧？

一路狂奔，终于寻得手表的他飞驰在回教室的路上，争分夺秒，只为在铃声响起前赶回。

可是——哗啦！他的代价是将走廊上一位红衣女生手中的一摞书撞掉，散落一地。立马回过神来的他忙道歉："对不起，对不起！我帮你捡！"

"谢谢。"她回应道。

"你也在看这本书？"他忽然看见地上有一本《暗网》，便伸手去捡。

"哇，这么巧的吗？"她笑笑。此时上课铃按时响起，她只好起身接过对方手中的《暗网》，准备离开。

"等等！"

她转回身，望向了白钰星清澈的眼："嗯？"

"我是高二（7）班的白钰星，后会有期！"

她会心地笑了："高三（6）班柯雨棠。就先再见啦！"

他全想起来了。再一次。

一旦意识到这不是梦，而是真真正正的不断重复的周三，他便开始思考触发这一切的契机是什么了。

第二日的那只蝴蝶出现得很突然，也改变了一些本不该是这样或那样的事情。

记忆汹涌进入大脑的时刻，她总是出现在他眼前。心中的那份悸动，也就此上演了三次。

“柯雨棠”，这个名字背后是否有什么秘密？她是否还记得他呢？

下课铃响起，早读结束了，白钰星也结束了他的罚站。

他清楚地知道接下来会发生什么。也许，他应该做出些改变。但万一明天，不，是下一个今天的他，不再记起这一切了呢？也只能暂且走一步算一步了吧。

可再上一遍重复的课确实有些无聊了。或者说，是无聊透顶了。

午饭时分，白钰星对啃着鸡腿的卢正枫说：“下午的枪战，我不来了。”“啊？你要干吗？”“我想一个人玩点别的。”“啊？你这个老赖！你不在，我们几个怎么打啊？”

“加我一个好了！”白钰星的同桌关峰元在一旁发话了。“对，就让他替我上吧！”白钰星拍了拍同桌的背，朝卢正枫使了个眼色。

“他？那我们队不得输光了？又跟上次那样！”“放心,我这次一定使出全力！上次那是意外，我也就用了一成功力！”“得了吧，你！”

谈笑间，白钰星已吃完中饭，端起餐盘走了。

他打算去找柯雨棠。

站在高三（6）班窗口张望的白钰星失望地发现她不在，大概是自己中饭吃得太快了。

那就算了吧。

算了。

下午也无非如此。无论是枪战还是排球对决，卢正枫都输得很惨。而白钰星，又默默往下看了几十页的《暗网》。

可这些都不重要。他只想再去见柯雨棠一次。

哪怕只是一瞥。

晚自习下课，刘飞宇还没带着惊天消息来到，白钰星已走出了教室。

他走向班主任办公室附近的走廊，希望遇到走来的她。但她没有出现。事实上，前一天在这里上演的追逐戏码也没有发生。

故事被改变了吗？

那她会在哪儿？

小心翼翼地，他又来到了高三（6）班的窗前。

一袭红衣很是显眼。她正坐在那儿，安静地读着《暗网》。

没有任何预兆，她扭头看见了窗外的他，扑哧一声笑了。

他心跳得有些厉害，尴尬地笑着溜之大吉。

这样出现会不会太突兀了？或许是的，或许没有。谁知道呢？

回寝室时，他把《暗网》也带上了。同时，临走之前，他摘下手表，放在了教室的课桌上。

虽然他知道，一觉醒来，一切都将重新开始。可万一不呢？

于是，枕边的《暗网》伴着他的不舍，送他入了梦乡。

好梦。

第四天：
相识

闹钟铃声打破了清晨的寂静。

昨夜睡得好舒服！白钰星边想边起床，然后拉开窗帘，撕下前一天的日历。

哦？今天是周三，是既有信息课又有体育课的好日子！最重要的是，今天晴空万里。

当白钰星开始叠被子时，枕边的《暗网》让他皱起了眉头。

“啊？我不是放教室的吗？怎么会在这儿？”

“难道……我记错了？”

他摇摇头：“哎呀，算了，总不可能发生什么超自然现象吧。”

他一手拿着书一手拿着饭团走进教室，发现几个卷王已经在奋笔疾书了。

但他知道，自己的归宿在那本小说里。即使只看了一半，他就已经认定这本书是他目前最喜爱的小说了，没有之一。

进入书的世界畅游了些时间，他突然被刚到教室的关峰元问道："哎，几点了？"

这下好了，手表不见了，还能在哪儿呢？准是忘在枕边了。都怪这本突然出现在床上的《暗网》，让他忘了这么重要的东西。

他风驰电掣地跑回寝室。

手表果然在枕边。他匆忙地戴上，快速下楼，向教学楼跑去。不然，又要迟到了！

巧的是，路上，他看到前方有一个穿红衣的女生也在一路小跑，手上拿着一本厚厚的书，似乎与他的那本《暗网》一般厚。

再看，不对啊！这熟悉的封面的暗蓝与浅灰，分明就是《暗网》！

他不由得放慢了脚步。

"这本书是《暗网》吗？"当他跑到她身旁时，鼓起勇气问道。

"是呀！你也看过这本吗？这么巧呀！"她略显惊喜，脚步也放慢下来，"不过问一下，同学，你有弄丢过这样一本《暗网》吗？"

“啊？没有啊，我的那本在教室里。怎么，这本不是你自己的吗？”

“其实我也不清楚，”她露出一个抱歉的笑容，“只是我记得昨天我是把它放在我课桌上的，但今天不知怎的就不见了。后来，听同学说，她在我寝室里看见了一本书，可我分明没有把它带回寝室过，结果刚才一看，还真在寝室。不过，就是不知道，这本是不是我原来那本了。”

白钰星很难不联想到今早突然在他枕边出现的《暗网》。“这么奇怪？你把这本给我看看。”

她把书递给他。

他接到书的瞬间，动作停顿了一下，然后翻开看了几眼：“应该不是我的。好了，时间也不早了，我们快走吧，不然早读要……”

“迟到了”三个字出口的时候，铃声响起了。她一笑：“哈哈哈，好了好了，快走吧！”

白钰星在门口罚站，而他的大脑已经过载了。一切越来越奇怪了。

手表回到了寝室，可书没有回到教室。

他想起了柯雨棠，想起了一切。可她并不记得他。

那她的那本《暗网》又是怎么回事?

不过，总的来说，有一件事逐渐明晰了——让他寻回记忆的东西，似乎是柯雨棠的那本《暗网》。

究竟是只有他一个人被困在了4月22日，还是所有人?或者是他和柯雨棠两个人?这两本《暗网》又是什么来头?

这次一定要弄清楚。

化学课下课，白钰星拿起自己的《暗网》，向高三教学楼走去。

“找你们班的柯雨棠。”“柯雨棠！有人找你！”

她出来了，有些惊喜：“你怎么找到这儿来的?”

他反应过来，今天的她好像并没有告诉过他自己的名字和班级，不过无妨。“你看看这本是不是你的?”他把书递到她面前。

伸手触到书的那一刻，她定住了。

“怎么了?”

她的声音有些颤，但很好听：“白……钰星?”

吃完午饭，白钰星回到教室，看起了《暗网》。不久后，柯雨棠来找他了。

“到底是怎么了?”她问。“我们应该被困在这一天了，我猜。”“只有我们两个?”“也许。至少应该只有我们两个知道这件事。”“所以为什么？为什么会这样？”

白钰星耸耸肩：“我要是知道，就好了呢。不过，这样好像也挺有趣，不是吗？”“话是这么说，不过我们该怎么出去呢？”

他摇摇头。她眨巴着眼睛：“对了，你也是今天才想起一切的吗？”“不，我每一天都想起来了。但总是在触碰了你的那本《暗网》之后，才想起来。”“而我，也是因为碰了你的《暗网》，才想起一切，对吗？”她抢答道。

“对。”“嘿嘿，我还挺有做侦探的潜质呢！”她说完，调皮地吐舌。

“但是还有一点，就是每天重新开始时，我的《暗网》并不会像其他人和物一样重置，而是保留在昨天最后的位置……”“就像我的那一本昨天被我拿回了寝室，而今天的我还以为它在教室！是这样吧！”她又抢先说道。

“哦？那就是说，我们的两本《暗网》都有这样的特质？”“嗯！一定是这样！”“那你昨天晚上为什么会把它带回寝室呢？”

两人沉默着对视。柯雨棠率先忍不住笑了：“哦，这太烧脑了！看来我还是不适合做侦探！”

此时，卢正枫路过，眼睛瞪得老大。白钰星意识到有点不对劲，先向柯雨棠道了别：“就先这样吧，我晚上来找你。”“好，拜拜！”

一进教室，卢正枫就凑上前来：“哎，那个学姐是谁呀？你不会偷偷找了个……”“打住！”白钰星做出一个停止的手势，“别乱说！被刘飞宇知道就完了！”卢正枫狡黠一笑，并没有再说下去。

时间继续流逝。

排球场上，白钰星不知怎的突然明白了。昨天晚上，他们的相遇改变了她的活动轨迹，让本该将书留在教室的她误打误撞把书带回了寝室，这才有了今天早上这一幕。

“喂！白钰星接球啊！”卢正枫朝他喊道，可是球已经落地了，“你在发什么呆？都被你毁了！”

“一场比赛而已，输一次算什么？”他向对方使了个眼色，轻描淡写。

晚自习期间，白钰星又拿起《暗网》，来到了高三（6）班，向柯雨棠说出了自己的猜想。

“原来是这样！”她嘴巴成了O形，又拿起自己的那本和白钰星的对比着。然而，白钰星看到了走廊的另一头走来的学生处主任——号称“情侣杀手”。“来人了，我先躲一下！下节课下课再来找你！”

现在，书在柯雨棠手上，这节晚自习白钰星只好憋屈地做了一节课的作业。不过在此期间，一个绝妙的点子奔入了他的头脑。

下课了。“我有一个好主意！只要我把你的书拿回去放在床边，你也把我的书放在床边，这样明天我们就都能回忆起来了！”“噢噢噢，哦！我怎么没想到！就这么试试看吧！”

“我的是哪一本？”他指指她手上的两本《暗网》。

又是沉默。

她抬起头，眼神很是无辜：“我给忘了……”

接着，两人都仔细辨别了一通。但他们都把书保护得太好了，以至于两本都崭新如初，无法区别。

“那怎么办？”她问。

“点兵点将吧……”

看来今天，白钰星也只能哭笑不得地怀着对二分之一概率的期许进入梦乡了。

4月

22

星期三

第五天：

单向

清晨，闹钟铃声响彻整个寝室。

白钰星醒了。不知怎的，昨晚他睡得很舒服。然而，枕边的一本《暗网》让他百思不得其解——他依稀记得自己没将这本书带回寝室。

或许是他记错了？总不会是什么超自然现象吧，他想。

手拿着《暗网》，他来到了食堂，买了一个饭团，里面里脊肉、煎蛋、油条一应俱全。包饭团的大妈将他的早餐递过来，可白钰星还没拿牢，不知什么人尖叫了一声向他身上倒来，硬是将这好好的饭团弄得满地都是，白钰星傻眼了。倒向他的女生好不容易才稳住了身形，用和她外形一样憨的声音嗫嚅道："对不起！对不起！刚才突然飞过来一只蝴蝶，我怕蝴蝶……”

白钰星一时也不知怎么责备她，可是他的早饭却被糟蹋了。“早饭我请你一份吧！不然，我怪不好意思的。”对方很是抱歉。

行吧。他想道，于是点头。“不过，我的钱好像不太够了，好像只够请你一碗馄饨……”女生又补充道。“馄饨也行。”

卖馄饨的窗口排了八九个人，白钰星拿着书又不好端碗，所以他就先把书放在了用餐区的一张餐桌上，然后前去排队。

可是，他好像又“走了运”。好不容易等到他时，现有的馄饨已经售完。他又只好和那个怕蝴蝶的女生等待新下锅的馄饨煮熟。五分钟后，馄饨总算到了，可是他走到餐桌前一看，嘿！小说不见了！

“我的小说呢？”

周围有好心人提醒他，好像有个人以为是谁把书忘在了餐桌上，于是“超级热心”地拿走了。“他可能把书送到学生处的失物招领处了吧！”有人猜测。

无奈，草草吃完早饭，他打算去学生处碰碰运气。

敲开学生处的门，他一眼就看见了桌上的《暗网》。长舒一口气后，他拿起小说，随即倒吸一口凉气。

怎么会在这里？怎么会这样？

万千个问号涌入白钰星的脑中。更糟糕的是，今天的他似乎又把表忘在枕边了。

总算拿回手表的他又迟到了。只是一路上，他并没有遇到柯雨棠。

站在门口罚站的时间根本不够他想出事情走向变成这样的原因。他放在枕边的书应该是他自己的，而失物招领处的书却是柯雨棠的。那自己那本书去哪儿了？柯雨棠的书又是怎么出现在失物招领处的？一切都成了谜。

他开始后悔自己为什么那么傻。昨晚要是他把两本书都放在自己枕边，今天再把自己那本给柯雨棠，不就完事儿了吗？何必忍受二分之一的失败率呢？

化学课一下课，他就带着侥幸跑到高三（6）班的窗前——万一她手上也因机缘巧合有了他的《暗网》呢？

可是，她没有抬头。

午饭时分，卢正枫看出了白钰星的反常，问道：“今天怎么啦？这么闷闷不乐的？”“没什么。”

下午，白钰星既没打枪战，又放弃了排球，而是抽出了体育课的时间又去看了一眼学生处。

但桌上什么也没有。

什么也没有。

空荡荡的。

一个人扒拉了几口饭后，白钰星独自走在夕阳下的林荫道上。这里几乎没有人，只有一个女生抽泣着走在他前面。他也想哭泣，但他强忍着，努力让自己保持冷静，思考清楚这一切。

可复盘哪有这么容易？

又到了晚自习下课，刘飞宇传来的消息再一次震撼了整个班级。

“别急别急！一个一个问！”刘飞宇扯着尖嗓门，试图维持秩序。

“那个学姐是几班的？”有人问。

“据说是 9 班的。”

“她为什么要跳？”又有人问。

“据说是学习压力太大了。”

“你这‘据说’靠谱吗？”有人质疑。“对啊，靠谱吗，你？”一旁有人附和。

“百分之……九十五！百分之九十五是真的！相信我！”

大家都将信将疑。但白钰星可不感兴趣。

他只想找到他的《暗网》！

然后，找回柯雨棠！

今天真是疲惫，白钰星带着那本《暗网》回到寝室后，便倒头睡去了。

这次，他有些不愿醒来。

他希望自己睁开眼，日历上的数字不再回到昨天。

第六天：
记忆

闹铃响了。

白钰星的手没摸索到闹钟，却先触到了枕边的《暗网》。

他的手停了下来。他好累。

要不，睡个懒觉吧?

才刚过了十秒钟，他忽地想起了什么，马上从床上弹起，穿上衣裤，戴上手表，完成整理与洗漱，然后离开了寝室——甚至连21号的日历都没来得及撕。当然，那本《暗网》不离他手。

在餐厅啃饭团时，他在等一个人。

他朝门口张望着，望眼欲穿。

终于，她来了——那个曾经毁了他早饭的女生。然后，他立刻起身，离开了自己的位置，走到了餐厅的最角落。而那本《暗网》，留在了他吃饭团的那张桌上。

他清楚自己在干什么。

他在“钓鱼”。

这不，三分钟后，“鱼儿”上钩了。

一个穿绿色卫衣的男生拿起了那本小说，翻看了几页，嘴里嘟囔了些什么，然后带着书走出了餐厅。

他一路尾随。

来到一条人少的路上，白钰星大喊一声：“同学，站住！”

绿衣男生回头：“你在叫我吗？”

“对！你手里这本书是我的！”

“啊？你的？”对方不太相信，“这不是图书馆的书吗？”

“是我的！我刚才不小心落在食堂了！”“可我昨天在图书馆里看见过一模一样的一本！”“图书馆的书不是贴了标签的吗？”“可我昨天看到的那本标签好像被人撕下来了！”“这……那我怎么证明这本是我的？”“除非我跟你一起去图书馆找到一本一模一样的！”“但图书馆现在没开啊！”

“那就中午见！十二点零五，图书馆找我！”

绿衣男大吼一声，扬长而去。

白钰星一整个无语住了。

这个人，是个“正义怪”吧！

在一上午的煎熬后，白钰星如期赴约。与那个不知好歹的家伙翻找了十几分钟，终于找到了一本在书架上立着的《暗网》。

“我错怪你了。”对方把手里的书塞到他手中，一溜烟跑了。

一手一本《暗网》的白钰星呆呆地站了好久，这才长叹一口气，向教学楼走去。

他的目的地是高三（6）班。

可从窗口向里望，没有红色的身影。

“同学，”他把书递给一位正要走入门口的男生，“把这本书给你们班的柯雨棠，这是她丢的。”

可对方的眼神却望向了他身后：“柯雨棠，有人找你！”

好巧不巧，白钰星一转头，发现柯雨棠正好在他身后不远处，向门口走来。“谁找我？”“他。”男生指向白钰星，然后走进了教室。

“嗯？我认识你吗？找我什么事？”“这本书，”白钰星转身，“是你的吧？”

“欸？”柯雨棠接过书，“我确实丢了本《暗网》！你是怎么找到的？不对，你怎么知道我丢了一本《暗网》？”

白钰星蒙了。这本《暗网》不是他原来那本？“也有可能是这本，你看一下。”他尽力掩饰住慌张，将手中的另一本《暗网》给了她。他希望自己只是在来的路上将两本书记反了。

“你是《暗网》批发商吗？”她忍不住笑了，拿起书看了一番，摇摇头，说：“我分不太清。你还是先别给我了吧，我怕拿了别人的。”“好吧。”他悻悻地说，转身离开了。

“他真奇怪……”

白钰星已经头大了。

下午，他仍然放弃享受信息课与体育课的“最佳搭配”，苦思冥想着。一整个下午都是如此。

直到最后一节自习课。

他发现，其中一本《暗网》的封底内侧有一个小污痕——那是将图书馆标签撕下才有的特征。那么，事实只可能是：他中午找到的，并不是前一天，也就是前一个周三的绿衣男放回的那本属于他的《暗网》，而是绿衣男在周二见到的那本属于图书馆的《暗网》。

下课铃一响，白钰星没有跑去吃晚饭，而是狂奔向图书馆——离闭馆还剩三十分钟，他必须保证把那本《暗网》找到！

夕阳西下，夜幕降临。

晚自习下课了。白钰星走向高三（6）班，鼓足勇气又把她叫了出来。

“怎么了，《暗网》批发商？有什么事？”她半开玩笑地问。可白钰星直接握住她的手，把书塞给了她。

她的脸色一瞬间就变了：“白钰星……”

他终于笑了：“怎么样？批发商找你找得可辛苦了呢！”她露出一个愧疚的笑：“哎呀，你别生我的气了。谢谢你！”“可我为了这个，连晚饭都没有吃上呢……”“啊？快快快，我……我给你拿点小零食来！你在这儿等着噢！”她立即转身进了教室……

“所以，到底发生了什么，昨天？”他嚼着苏打饼干，趴在栏杆上问她。“我一觉起来，发现地上有本《暗网》。问了室友，她们都说不是自己的。我就以为是别人的，因为我只记得自己的那本应该在教室，所以把它拿到了失物招领处。结果回到教室，发现自己那本不见了，再去失物招领处，却发现书已经被人拿走了。”他笑了：“要不是我把它拿走了，恐怕我们永远都不会再记起那一切了吧？”“啊？是你拿走的？怎么回事？”

白钰星望向她惊诧的眼：“这是一个有点长的故事……”

该回寝室了。

白钰星手中拿着柯雨棠的书，而书的扉页上，写有“高二（7）班白钰星”的字样。

当然，柯雨棠手中的那本也写上了她的名字。

他想，这样子的话，若是再弄丢了，一定也能找回来了吧。

他面带着欣慰的微笑，睡着了。

他睡得很香甜。

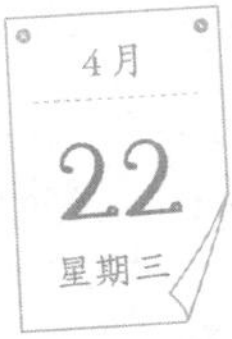

第七天：

奔赴

嘟嘟！嘟嘟！嘟嘟！

白钰星再次于清早起来了。

执一本《暗网》于左手，他从容地拉开窗帘，撕下4月21日的日历。

一天又一天地重复着，已经觉得有些无味了呢。要不今天早饭来碗葱油面？

就这么定了！

面很美味，阳光也很明媚。当然，白钰星的心情也一样明媚。也许今天，他就能和柯雨棠一起，在不经意间发现这时间循环背后的真正奥秘。

白钰星今天是第十个到达教室的——十是他的幸运数字。在座位上安顿好自己后，他打开书的扉页。就在打开的瞬间，他的认知被再一次刷新了——昨天写上的字消失了。没办法，看来每天早上都得再写一遍了。

昨天看到哪儿了来着？好像是三百七十多页。那么，接着看吧！

“那来自远方另一维度的狂舞之姿是海之尽头的求救信号。”书中这样写道。可再往下看，白钰星发觉不对劲了，情节的发展变得让他摸不着头脑。往前回翻了二十多页，他发现有好几页的陌生内容。“原来是少看了几页。”他叹气，“最近精神有些紧绷了吧，我还以为又出了什么岔子。幸好幸好。”全书只剩下百余页，他暗下决心，今天定要把这本书读完。

“哎，几点了？”关峰元在他右边坐下，问道。“六点三十五。”他头也不抬。

“哎呀！”不一会儿，关峰元突然又说起话来，“今天这个课表，怕是又吃不上中饭了。”“慌什么？”白钰星觉得有些好笑，拍拍同桌的肩。

上午的前四节课在白钰星偷偷读着小说的过程中结束了，终于迎来了一个完整的课间十分钟！

白钰星早已控制不住激动，快步走向高三教学楼。直走，右转，上楼，再右转，高三（6）班的门牌就出现了。他心跳加速，张望着。可是，目及之处，没有红色，也没有她。

又发生了什么？也有可能她现在比较忙吧？白钰星可是要被急死了。

这该死的循环。

吃完饭，白钰星拖着脚步行走在路上，迎面走来了柯雨棠。不过，今天她并没有穿那件红衣，而是披了一件校服。

他的眼睛亮了起来。“柯雨棠！”他呼唤她。“你是？”柯雨棠疑惑地歪头。

他最不愿面对的情况终究还是出现了吗？白钰星简直绝望了。可下一秒，柯雨棠笑了出来：“哈哈哈哈！我的演技怎么样？”

啊？白钰星傻眼了。“你要把我吓出心脏病啊？我……哎呀，真是的。今天早上第四节下课你怎么人不在啊？”“啊？我那个时候去找你了啊！然后，你也不在教室啊。”“什么？不会就真的完美错开了吧？”“我是走东边楼梯的。”“好吧，我走了西边的。”现在，白钰星也只能怪他俩毫无默契的配合了。

“对了，你那本《暗网》上的签名也消失了

吧？”白钰星慢悠悠地走在林荫道上，问她。“嗯？没有吧……我记得还在啊？你的不见了？”“对啊，那为什么你的还在？”白钰星又震惊了。

“谁知道啊？话说，我们可是连到底有几个人被困在这儿都不太清楚呢！总不会巧到只有我们两个吧？”“但最重要的是，这里运行的规则是什么？如果连这个也不知道，我们要怎么逃出去呢？”

柯雨棠摊开双手，做出一个“好像我知道似的”的姿势。

“哎？！白——钰——星！”一个令人有些反感的声音传入了周围所有人的耳朵。

“完了！”白钰星没转身就知道声音的主人是何方神圣了，于是心中一阵忐忑，“是刘飞宇那个小子！”

不一会儿，白钰星和高三小姐姐约会的故事就传遍了整个高二（7）班——以及同层的8班、9班。

“钰星，你脸怎么这么红呀？下午的排球赛要不要让她来给你加油助威一下啊？”卢正枫走到白钰星座位旁阴阳怪气道，结果吃了对方一记白眼。“你听我说，真不是这样的！她是我姐姐！”“你姐姐？真的假的？我怎么没听说过呀？”关峰元也加入了卢正枫的行列。“爱信不信！”白钰星抛下这样一句，将外套拉过头顶，趴在桌子上开启了午睡模式。

晚自习下课，柯雨棠来找白钰星了。

“你还敢来？”白钰星很是不满。“怎么了？”“这件事在我们班都传疯了！”话音刚落，一大群同学就已经好奇地凑上来了。

“就是她啊？”“我好像以前也见过。”“哇，她好好看哦！”男生女生的议论声此起彼伏。

“我说了多少次了，她是我姐姐！”白钰星争辩说。“真的吗？”卢正枫带头对着所谓姐姐问道。

柯雨棠笑笑：“对呀，我是他姐姐，我叫白钰云。”白钰星偷偷看向她，心想：你也真是说谎不打草稿第一人！

“白钰云姐姐，加个 QQ 呗！”班里的社交恐怖分子——可爱的小女生丁可萌突然说。

这……他们竟然真有人信了？！

还有更离谱的。班里的一大群女生纷纷提出加柯雨棠的好友——啊不，是“白钰云”的好友。

原来，她竟然这么受欢迎吗？

“白钰云”一驾到，就连刘飞宇的惊天大瓜都不再吸引人了。刚刚来到的刘飞宇见没人理他，自找没趣地去上厕所了。

晚自习结束，白钰星和柯雨棠走在回寝室的路上——

“今天，谢谢你帮我圆场啊！”“哈哈哈，没事。我今天可是演技在线！”“说起来，今天我把《暗网》读完了。”“这么快？我还有九十多页呢！不过，今天我的效率可高了，一口气看了两百多页呢！”“哇！你……不会没做作业吧？”“被你发现了！可是，不会吧！你不会在内卷吧？”白钰星一撇嘴：“我可不是内卷的料。”她笑了：“看得出来。”

“柯雨棠？”“嗯？”“呃……我、我是想说，快到岔路口了。”

“那么，就再见啦！祝你好梦！”“再见！也祝你好梦！”

4月

22

星期三

第八天：

告白

白钰星在闹钟声里醒了。

他拿起枕边的书，穿上校服，戴上手表，赶在起床铃响起前出了门。

一路上，他回想着昨晚的分别，以及他没敢说出的那句话。一看到她，他真的会忍不住心跳加速。她美好得像春日枝头上的繁樱，在暖阳下发着光。

早自习，他翻开《暗网》，写上的名字果然又没了。昨天，柯雨棠后来告诉他，她那本上写的名字确实也消失不见了，只不过一开始她没注意。这样的话，就能解释为——墨水本来并不是书的一部分，所以被重置了。“这个世界到底是怎么了？”白钰星陷入了一种莫名的沮丧。究竟以怎样的方式，他才能知道这一切背后的故事？

看完《暗网》的白钰星手头上没有别的书了，今天他只好不情愿地听起课来。

语文课上的是《促织》这篇课文。“同学们！这篇课文的故事在现实中是不可能发生的。而作者之所以要用这种方式志异，是为了……”贾老师捧着课本在讲台上唾沫横飞，可白钰星心想：这算什么！有什么怪事不会发生呢？

数学课是“导数初步”。这并不是很难懂——毕竟，先前他也听过两三遍了。物理课、化学课是作业讲评，没什么特别的。

终于，又到了化学课下课。高三（6）班门口，柯雨棠已经早早地在等待了。“今天有什么新发现吗？”“没有。”“话说《暗网》是真的写得好，我早上一直在看。男主舍身让女主逃出迷宫的情节真的太刀了啊！”“呃……有这情节吗？”“有呀，我上节课刚看到的，我拿给你看！”不一会儿，她拿来了书，翻开一页向他展示。“啊？难道我的书和你的不一样？”

英语课上，Miss 姚正眉飞色舞、声情并茂地讲故事时，白钰星正在看自己的——其实应该是柯雨棠的《暗网》。果然，最后五十页的内容似乎和昨日不一样了。“逃出去的唯一办法，是阻止她。阻止了她，就阻止了悲剧，阻止了别离，阻止了一切。”这句话格外地扎眼，让白钰星心头一震。

这本书，是在暗示着他们吗？

中饭刚吃了一点点，白钰星就觉得吃不下了，于是先向同一桌的其他人告辞。之后，他照例走向了高三（6）班。柯雨棠就在座位上，教室里没有其他人。“你没吃中饭？”她点点头：“今天早饭多吃了一点，所以现在不饿。正好也把这本书看完喽。”“这本书的结尾，和我昨天看的那本有点不一样。”“啊？什么啊？这么离谱？那你推理出原因了吗？”“我不知道，但我猜这本书可能是想给我们一点暗示，你看这一句。”

“逃出去的唯一方法？”柯雨棠的小嘴一张一合，“这没有什么巧合的因素吗？难道整本书变的只有这一句吗？”

“那倒也不是。但是，结局都是一样的。”“也就是说,结局一直都是那个让人绝望的反转？”“对。”

结局中，男主人公抛弃了女主人公，消失在了迷雾中。

二人沉默。

“哎呀，其实也没必要这么急，我们可以一天天地慢慢探索呀！”柯雨棠显然被洪流般的信息量给整得脑中一团乱麻。

“也对，不急。”白钰星点着头。随后，他又说：“对了，我有件事想说一下。”

“嗯？”她眨着好奇的眼睛。但这时，有人走了进来，打搅了两人的相处时光。“有人来了，那我下次再说！”白钰星有点局促，赔了个笑脸，离开了。

果然还是没法说出口吗？之前的勇气都去哪儿了呢？

白钰星试着不去想，可又怎么可能做得到呢？

“喂，白钰星，你桌上这本书借我看看呗？”丁可萌蹦着来到发呆的白钰星身旁，用可爱的奶音问道。

“啊，这本不行。我还没看完。”

“胡说！”同桌关峰元突然发话了，“你明明英语课的时候都看到最后一页了！别这么小气嘛！”说完，拿起白钰星的书直接放在丁可萌手上。白钰星根本来不及反应，而丁可萌大喊一声：“谢谢！”又跳着离开了。

“干吗？”他质问关峰元，“这是我的书哎！”

不过，他说得很小声。关峰元却说："哎呀，你就借吧，你又不会损失什么！算我欠你个人情，行了吧！"白钰星刚想说"怎么就不会有损失"，忽然意识到了什么："你小子不会喜欢她吧？"

"我才没有！"他无力地反驳道。白钰星拿他没办法，只得提醒丁可萌在晚自习结束前还给他。

还有，你关峰元欠我的人情顶个啥用啊？到明天还不得重来？

这次，白钰星最讨厌的墨菲定律还是应验了。

晚自习刚上课，丁可萌便传来一张纸条："我吃好晚饭去寝室洗澡的时候，不小心把书忘在那里了。我明天一定还你！对不起！"

明天？！哪来的明天？！

无奈之下，他写了点什么，又将纸条传了回去："那你把你们寝室号告诉我。"

"你变态啊？""没有，我不是那意思，我又不是自己去拿。你就写一下。""我才不告诉你呢！你个变态！"

白钰星无语了。

一下课，他就又开始与丁可萌交涉了。可在她们寝室四个人一致认为他是变态后，他只好放弃了这个念头。

“那这样，”他问了丁可萌最后一个问题，“如果你一觉醒来，寝室里多出了一本小说，你会怎么做？”

“你今天是有幻想症吗？”

对方的一句话彻底断了他的念想。

这可如何是好啊！

果然，还是只能拜托柯雨棠了吗……

“怎么了？愁眉苦脸的？刚才那节课下课你没来，是碰到什么事了吗？”

白钰星将前因后果都讲述了一遍。

“那怎么办？”“我在想，你明天早上能不能帮我去 4 号寝室楼找一下她的寝室。你找到她，然后拿上书，再来找我。如果是你的话，她一定会给的。”

“好吧，我试试！”她爽快地答应，向他笑了笑。

回寝室路上。“柯雨棠，我想说一件事。”白钰星还是开口了。

“到底有什么事情？你是不是喜欢上我啦？”

白钰星傻了：“啊……啊？我……很明显吗？”

“很明显啊，你脸红得厉害呢！”

此时，白钰星感受到了。他的脸好像是有点烫。“好吧……”他决定了，“柯雨棠，其实每次和你在一起的时候，我都控制不住地犯傻，控制不住地心跳加速，控制不住地……喜欢。”

柯雨棠笑了，笑得很令人心动：“好啦，好啦！我早就知道啦！”“那你……愿意吗？”

“我把我的书交给你的那个时候，就已经把我的余生托付给你啦！”

他的心跳得很快。

“谢谢你。”他说。

“是我该谢谢你。没有你，我不会想起这一切，也不会记得，和你在一起的那么开心的时光啦！”

他也笑了。

但他不知道，在她的眼中，他的笑也如星辰一般绚丽。

又是一天。

4月

22

星期三

第九天：

青涩

闹铃奏响，白钰星准时起床了。

从撕下的日历可以知道，今天是 4 月 22 日，周三。

早上，很是倒霉。先是心爱的《暗网》不知去向，然后手表又忘在了寝室。不过，幸好发现得早，拿回手表的他并没有迟到。丢了《暗网》，他像失了魂。不过，听到换课的消息，又想起今天下午的课表，他重新振作了起来。算了，再买一本就行了。

说起与这本《暗网》的不解之缘，便不得不提白钰星上周去书店的经历了。在店里某个不起眼的角落里，有一本暗蓝与浅灰封面的书吸引了他。《暗网》？他拿起来端详着，不仅仅是因为喜欢封面的风格，而且对它的作者有了点兴趣。“安染”，一个陌生的名字，但读来很亲切。以前怎么从没发现有这样一个作家呢？要不就买下来品读一番吧。

翻开封面，是印着书名与作者的扉页，再下一页是留白，之后便是正文，并没有目录、前言与后记。

第一句话就让他怔住了。

“沉默在今夜的尘网，峰回路转间，他已失去原有形状。”

到昨天为止，他已经将书啃了一半了。今天本想继续，可是发生了意外。

但愿这周末书店里还有多余的《暗网》吧！

吃完中饭，白钰星去图书馆，希望能找到一本好看的书供他消遣。没想到，那里竟然有一本《暗网》！真是天无绝人之路！他想：这下我可以继续昨日的精彩了！

回到教室，午自习已经开始了，丁可萌递给他一张纸条：“高三（6）班白钰云让你今天有空了赶快去找她。”

白钰云？谁啊？

他向丁可萌摆出一个不解的表情。不一会儿，丁可萌又一张纸条传来："她让你去的。她说，你去了就知道了。"

高三学姐找他？什么事啊，这都是？而且，下午的生物、信息、体育、自习让他根本无法脱身。好吧，吃完晚饭就去。

加速解决完晚餐，他走向高三（6）班。教室里并没有多少人。"请问你们班的白钰云在吗？"他向门边的座位上的男生问道。"白钰云？你找错班级了吧？我们班没有白钰云！"教室里几个学长和一个漂亮学姐都笑了起来。白钰星有点尴尬，在心中暗骂丁可萌，转身离开了。

可刚走几步，一个人把他叫住了："白钰星！"

他转头，是刚才的那个漂亮学姐。"你……认识我？""对，是我找的你。""可你又不是白钰云。""不，白钰云是我原来的名字。其实，我们是失散多年的姐弟！"

"啊？我才不信呢！"白钰星蒙了。"你信不信由你。不过，我找你是为了还你这本《暗网》的。"她变戏法般掏出一本《暗网》。

"啊！你捡到的？"白钰星很惊喜。她点点头："不过，还给你的前提是，你叫我一声姐！"

什么逆天的要求啊？！但白钰星是如此喜欢这

本《暗网》，不然他才不会这样做呢！

好半天，他咬咬下唇，终于挤出一句：“姐，能把书还给我吗？”对方笑了，似乎很开心：“好好好，给你！”

“所以你到底是谁？怎么认识的我？”“哎呀，你把书拿好就知道啦！”“把书拿好？”

白钰星将信将疑地接过书。

什么？

对方的笑还没有停下，白钰星开口了：“柯雨棠，你干什么啊？”

“别生气，别生气哈！我刚才只是想看看你傻掉的样子，说实话还挺可爱……”她极力忍住不笑。

“合着你就是想调戏一下我呗？”白钰星觉得又好气又好笑。

“哎呀，我知道错了嘛！别生我气，好吗？”她的表情认真起来。

“好啦，我没生你气。你找书找得也挺不容易的吧？辛苦你啦！”白钰星心里涌上一股冲动，直接一把把柯雨棠拥入怀里，摸摸她的脑袋。而她愣了一下，不太好意思地把头埋进了他的肩窝。

只是那位前排小哥恰好走出前门，惊掉了下巴。

在柯雨棠的讲述下，白钰星明白了。她一大早起床，前往4号楼寻找丁可萌的寝室。但一个一个门牌看下来显得实在鬼祟，所以她一直小心翼翼，以至于没能在关门之前寻到。于是，她吃完中饭又来到4号楼,终于找到了对的寝室。可是，门锁着。她等了大概五分钟，正好等来了丁可萌本人。而丁可萌果然又对她“一见倾心”，要了她的QQ号。然后,她便顺理成章地参观了她的寝室。而桌上果然有一本《暗网》。再三确认这本书不属于别人后，她将书“借”走了。

“可你为什么不直接把书放我座位上呢？还是说，你就是想让我亲自来找你？”

“其实也不全是因为这个，”她清了清嗓子，“书上的内容又变了。有一句话凭空出现了：‘一个人的任性，留下另一个人的迷茫。’我想如果这句是关键的话，我是不是可以借这个机会尝试一下，可惜什么也没发生。”“看来事情的关键并不在于那些句子吗？”白钰星若有所思。

“有时，我会觉得我们好渺小，又好无助。”柯雨棠的语气突然变得失落起来。“哎呀，别灰心。至少我们每天都有新的发现，对吧？”

“嗯！对！”她调皮地冲他笑了一下，“至少我今天发现，你青涩的样子真的很可爱！你说是吧？弟弟！”

“你够了啊！”

回寝室的路上，二人对谈。

白钰星突然想起什么，问道：“记得你之前那次也是，你为什么会怀疑自己眼前的书是别人的呢？”

“啊？我……只是怕拿错。如果别人找不到了，肯定会担心吧。这样的话，不就伤害到别人了吗……”她轻声道。

“怎么会这样？你一直都是这么想的？”白钰星不曾想到，她竟然是这样认为的。

柯雨棠不语，低下头去。

“有什么不敢说的，都跟我说吧。”白钰星停下了脚步，“我一直都会在这里倾听的。”

她一定经历过什么吧？

“我曾经，”她开了口，“失去了我最好的朋友，就因为，我不经意间伤害了她，也伤害了其他人……我不想再犯错了！”她声音中带着些哽咽。“就仅仅是因为这样而已。”她补充道，“小心谨慎一点总不会错，对吧？”

“不，”白钰星严肃地看着她，“你不爱你自己，才是你最大的错误。答应我，从今往后，无论别人怎么对你，一定爱好你自己，记住了吗？”

柯雨棠有些想流泪。她忍住了。“嗯，”她点头，“谢谢你，白钰星！今天，我很开心！”

白钰星用手指抹掉她眼角的湿漉，说：“我也为能遇上开心的你而开心。”

岔路口，二人分别。

“这几天的巧合未免也太多了一些，”躺在床上，白钰星思索，“到底是谁，一直在将这难以挽回的局面控制住呢？4月22日的背后,到底是谁？”

多想也无益，他只觉一阵困意袭来。

明天再说吧。

第十天：
阻挠

白钰星醒了。

近来的事，实在是有些离奇。本不该发生在这天的事纷纷发生，就像在阻挠着他寻找真相一样。不过，一切都会在最后化解，他俩总能在努力后找到彼此。或许，这也是一种考验吧？

他觉得自己正在向真相慢慢靠近。

然而，将今天的《暗网》翻了个遍，他竟没有发现一处改变。这下真的断了线索了吗？

“今天早上语文和英语换课！”英语课代表走进教室，引起一阵欢呼。白钰星头也不抬。

又是重复的一天。

“没什么新发现吗，今天？”柯雨棠问。“似乎确实没有，”白钰星叹了口气，“有点儿想逃出去了。”

“可是，到底怎么跳出这个循环呀？”

白钰星摇摇头，解释道：“不不不，我是说，有些想逃出学校了。”

“怎么啦？”柯雨棠看向他，“学校生活太无聊了？”

“能不无聊吗？而且，有那么一点想家。”

“也对。那么多天了，很少有人会像我一样不想家吧。”

“你不想家吗？为什么？”

“其实啊，”柯雨棠打开了话匣子，“我不仅喜欢看书，而且喜欢自己写点什么。虽然认可的人不多，但这一直是我的一大爱好，我也在持续的阅读过程中不断提升自己。上了初中之后，我发现周围还是有喜欢我写的文章的人的。于是，我就决定了，将来一定要成为一个作家。可是，我爸妈却不同意，认为这个决定没有前途，成功的概率又低。但我真的很爱写作，我想证明自己，可是一直没有什么机会。”

“原来是这样……柯雨棠，你可千万不要停止相信自己啊，谁知道未来会发生什么呢！”

“嗯，我会坚持的。”柯雨棠莞尔一笑，“不过，你想怎么出学校呢？”

“首先排除翻墙，因为我不会。”白钰星思索着说，右手托着脑壳，“然后是硬闯。不过，门卫一向管得很严。据说，从没有人能从正门溜出学校的。那么就只剩下找老师开请假条的方法，晚上再出去了。”

“你真的要出去？”

“怎么了？要我带你一起吗？”

“不是。我是怕万一出了校门，时间就不再循环了呢？你想，我们这几天每天都在寝室里睡就没有问题，可万一在外面出了什么问题，那该怎么办？而且……我还有一个多月就要高考了……”

“说得也对，还是小心点为好。”白钰星觉得她言之有理。“对了，”他又问道，“你打算考什么大学呢？”

“我很想去考那个重洋大学，你听说过吗？”“就是那个大一就有出国留学机会的大学？你想要去国外？”“对。这也一直是我的梦想。不过当然，我爸妈还是不同意。可我才不管他们的意见呢！昨天你告诉我，我要学会爱我自己，所以我现在已经坚定了，我一定要活出自己想要的人生！”

白钰星看着她脸上的笑容，嘴角也在不经意间上扬了：“好，那我为你加油！”

下午也是很平常。白钰星和卢正枫一起，轻松赢下了枪战与排球赛。他俩大汗淋漓地拿着球从操场走向教室。在楼梯口，走在前面的卢正枫突然停下了脚步。白钰星也被迫停了下来。“哎，白钰星，窗户上有只黄色蝴蝶耶！”

黄色蝴蝶？他定睛一看，啊！真的又是一只蝴蝶，翅羽微振。没错，这并不是他第一次见到这只蝴蝶了。它为什么再一次出现？

一位头发稀疏的穿黑衣的老师怀抱着一堆各色的书走下了楼梯，似乎都是厚厚的小说。最上面那本似乎是《暗网》，白钰星看在眼里。“你先回教室吧，我突然想起有东西忘在操场了。”他编了一个理由，与卢正枫分道扬镳了。

他发现不对劲。

他要跟踪那个可疑的老师。

那个黑衣老师吹着口哨，穿过林荫道，来到了停车棚。接着，他手中的书被锁进了一辆白车的后备厢里。将车锁上后，他吹着得意的小调儿，悠哉地走了。

白钰星想立马跑去告诉柯雨棠，但上课铃响了——是下午最后一节自习课。他飞奔向教室，发现她正在门口附近等他，神色很焦急。“白钰星，完了！我们刚才那节是走班课，我回教室后全班的课外书都被班主任收走啦！怎么办啊？”

白钰星的担心又一次得到了验证，这突如其来的事件让两人都猝不及防。“我知道！我亲眼看见他放自己车里了！他什么时候会开车走人？”“嗯……今天有他的晚自习，他应该会在下课十分钟前走！”“这样的话，就交给我吧！”

到点了。白钰星偷偷溜出了教室，去往停车棚。黑夜中，只有几盏路灯长明。

黑衣老师的镜片反射出路灯的光——他来了！只见他一按车钥匙，打开车门，躬下腰，准备进入驾驶座。

霎时间，白钰星从黑暗中猛地冲出，用尽最大的力气猛地一甩车门，咚！

一声闷响后，被夹头的老师瞬间躺在地上不省人事。

“对不住啦！等到了明天就好了，您先在这儿睡一会儿吧！”白钰星夺走车钥匙，打开后备厢，将《暗网》拿了回来。

他做到了。

他早就下定了决心。无论发生什么，都不能阻止他和柯雨棠找到彼此。

他定会为此努力的。

第十一天：
约会

时间过得可真快。

转眼间便是十天，而日子却仍停留在了4月22日的那个周三。

白钰星很庆幸，今天一大早并没有出什么岔子。不过，他也开始时刻警惕着意外的发生，《暗网》未曾离手。他相信这接二连三的事件绝不是巧合，而是有“上面的人”为他们设的局——还有那多次出现的可疑的蝴蝶，这一切一定与它脱不了干系。另外，今天《暗网》的内容仍未出现变化，这让白钰星有点疑惑。为什么偏偏前几天就变了内容呢？

昨晚惊心动魄地夺书之后，一切似乎都在今天恢复了原样，这让白钰星更加确信只有他和柯雨棠两个人被困在了这一天——或者大概率是如此。

算了，今天好好休息一天吧。

又是在化学课下课，白钰星找到柯雨棠："今天中午，一起去吃个饭？""怎么，不陪你那些朋友了？"柯雨棠打趣道，脸上的笑却出卖了她的喜悦。"以后都陪你吃！你之前都是和谁一起吃的？""我一个人啊。""啊？""哎呀，其实如果不是循环周三的话，我总有凌梓珑陪我的啦。她是我初中时最要好的朋友，人有点自卑，不过心很善良。只不过今天这一天，我好像总是没机会碰到她，那我也只好自己一个人吃啦。没准，她今天有什么事呢。""她和你不是同班的吗？""她在9班。我们只是初中同班。""原来如此。"

中午，柯雨棠如期赴约。

两人特意找了个靠窗的位置，他们周围也没有认识他俩的人，可以说，这儿是块"世外桃源"。

"怎么，现在吃个中饭也带着书了？"她笑道。"你还没觉得后怕吗？万一书又不见了，怎么办啊？""没事。我今天也已经把书塞到书包最里面了，应该没什么问题。""但愿吧。"

"说实话，我很喜欢《暗网》这本书。"白钰星又说，“看过的那么多小说里，这是最独特的一本。”

“我也是。而且，作者的名字我也特别喜欢。安染两个字给我一种淡淡的伤感，就像小说的结局一样。”

“你之前有听说过安染其人吗？”

“我也是这星期通过这本书刚认识她，但一下子就被她迷住了。不过我确实从没听说过她的其他什么作品。”

“但不得不说，这本书写得真的很独特，我真的超喜欢这种神秘而朦胧的风格。”

“其实，我一直追求的写作风格也是这样的。”柯雨棠眼里似有星光，“但是她已经达到炉火纯青的程度了。我多希望自己以后也能写出像这样的文字啊！”

晚餐时，二人也是像中午一样相谈甚欢。

两颗心就这样被《暗网》串起来，彼此挨得更紧了。

白钰星迫不及待地赶在晚自习一下课就来到了高三（6）班。当然，随身带着《暗网》。

柯雨棠似乎是在第二次品读《暗网》，看见门口的他，立刻拿上书出了教室。

“又有什么事吗？”她问。

“没什么。就是想来看看你。一节课没见了，有点煎熬。”

“这就煎熬啦？那要是我以后毕业了、出国了，你该不会想我想疯了吧？”

“那我肯定会忍不住每天给你打电话的呀！”

她笑了：“你真是，这么喜欢我，以后哪天可别把我忘了啊！”

“当然不会！”他回答得斩钉截铁。“不过，你的生日是什么时候？我还没问过你呢。”他突然问道。

“六月十号，高考结束那天。”

“六月十号，我记住了。我是十二月十一号，只比你小了半年。”

这时一个粗犷的声音忽地传来：“你们两个！现在就来我办公室解释一下！”

两人转过头。完蛋，是“情侣杀手”！他们怎么忘了他？

柯雨棠甩出一个“怎么办”的眼神给白钰星，而他也没了办法，示意她先去了再说吧。

学生处。“你们两个！说，几班的？”“高二（7）

班丁可萌。”“高二（7）班关峰元。”两人不约而同地使了鬼招。

“两个高二的，跑去高三走廊上谈情说爱，像什么话啊！明天，你们的名字就会出现在白榜上面！”

两人暗暗发笑。不过，接下来，他们却笑不出来了。“还有你们手上拿的什么书？啊？！我统统没收了！等毕业了，再来找我！”学生处主任说完，便用力夺走了柯雨棠手中的书，又将魔爪伸向了白钰星。可白钰星怎会让他得逞？他死死抓住《暗网》，用双臂用力拉扯住。可是，他没有想到，对方能成为“情侣杀手”还有一个原因——他的怪力！白钰星的左手腕被一把抓住，狠狠一拧，疼得他赶忙松了手。“你怎么能这样！”白钰星喊。“叫什么叫！再叫的话，今天就马上叫你们家长！”

此刻，白钰星看着他就像看到了一生最大的仇人。

“上课了！赶紧回教室！去学习去！”学生处主任喊道，将两人推出了办公室。白钰星喘着粗气。

“怎么办？”柯雨棠眉头紧锁。“我会想办法的。下课后，你先一个人回寝室吧。”“那你没成功怎么办？”“相信我。现在，也只能这样了！”

最后一节晚自习，白钰星没敢轻举妄动。没准，那个没有人情味的“情侣杀手”正看着监控呢。下课铃刚响，他就下楼，跑到学生处门口。门闭着，闭得死死的。白钰星不管路过的同学的异样眼光，狠狠地又无力地踢了那铁门一脚。

他向寝室一路狂奔，可是路上没有发现柯雨棠的身影。

只有深深的愤怒与绝望。

第十二天：
错过

闹钟在清早准时响起。

白钰星起来了。他感觉左手腕隐隐作痛，这是为什么？

也许是昨晚睡觉时压到了吧，他想。

拉开窗帘，撕下 4 月 21 日的日历，新的一天开始了。

洗漱完毕，床铺也整理好了，白钰星正准备出发买早饭，可左手腕的痛感让他想起了什么。

他找到遗落在枕边的手表，小心戴上，出门了。

今天是个艳阳天，可白钰星却觉得有些昏沉。不是因为没睡好，而是因为一种说不上来的感觉。

而且今天，他的运气似乎也不是很好。

先是早饭里吃出了蛋壳，又是输了排球赛——

当然，手腕上的疼痛也负一定责任。不过，最重要的是——他最心爱的小说，一本才看了一半的《暗网》不见了。问遍了全班，没有一个人知道《暗网》的去向。这本书就莫名地在教室里不翼而飞了。

晚餐，白钰星觉得饭菜皆无味，于是随便吃了几口便要起身离开，但被卢正枫给叫住了。

“你今天怎么胃口这么小啊？而且整天都愁眉苦脸的，今天的球也没打好，怎么回事？你失恋了？”

“我哪来的恋可以失啊……我是觉得今天运气真的好差，连我的那本小说都莫名其妙地失踪了，我真的是吃不下饭。”

“你那本书啊，说不定被老孙头收走了呢！你就别再想找到它了！省省吧！”

“你别给我说了！我走了！”白钰星有点生气。虽然他知道，卢正枫这人的性格就是这样，但卢正枫这番话不但没达到安慰的本意，反而给白钰星徒增了烦恼。于是他起身，端起餐盘，头也不回地走了，留下卢正枫一脸的尴尬。

“这人……今天火气有点大啊。”

最后一节晚自习开始了。Miss 姚还没有来坐班，所以下面仍有一点吵闹。

班上仍有不少人在讨论着刘飞宇一节课前带来的惊天大瓜，但白钰星只觉得伤感。

哎，没小说看，就只能做一会儿题了。

可是，才做了十分钟，只见一只黄色的蝴蝶缓缓降落在了他的本子上，好像不怕人一样。白钰星挥手赶它，它飞起来，又重新回到桌上。

怎么回事？白钰星拿起本子抖动。可这回蝴蝶干脆绕着他的头飞了起来，就像他是一朵鲜花一样。

白钰星积蓄了一天的怨气终于爆发了。他腾地站起，将本子卷起来拍打，誓要将它击落。

“喂喂！喂！你们班！吵够了没有！”正巡视着的副校长走进了教室，严厉地喊道，“还有你！站着张牙舞爪在干什么？！出来！”周围传来几个同学的窃笑。

唉！

今天真是倒霉透顶了。

白钰星走出教室。“你过来。跟我解释一下，晚自习不好好学习，在干吗？！”“我在赶蝴蝶，没有聊天。”“你在赶什么？”“蝴蝶！有一只蝴蝶一直不走，我怎么赶都不走！”“骗谁呢？别为你的行为找借口！”

“不信您就去查监控啊！”白钰星努力压住自己的怒气。

一分钟后，两人来到了学生处。学生处主任在电脑上登录了监控系统，调出了白钰星赶蝴蝶的画面。“我就说吧！”白钰星不服气地看着副校长油光可鉴的脸说道。“你……下次给我注意！晚自习不要随意站起坐下！”

可白钰星并没有听进去。他的注意力被学生处主任桌上的两本书给吸引了。

两本《暗网》！

“何主任，”他开口了，“您桌上这两本书是哪儿来的？”

“你说这两本啊？我今天打开抽屉发现里面莫名其妙就有了，也不知道是谁的。是你的？”

“我今天正好也丢了一本，不过不知道是哪本。”

“那你自己看看，辨认一下吧。”

白钰星拿起一本，又拿起另一本。“这两本……好像都是我的。”他突然说。

“都是你的？”“啊，没有没有没有。我是说，有一本是我同学的，她也丢了一本。”“这样是吧。是男同学还是女同学啊？”“是男同学。”“好吧，你赶紧拿走去上自习吧！自习的时候可别看啊！”“好的！谢谢！”

白钰星拿着两本书，回到了教室。

白钰星觉得有点不可思议。

昨天，绝望的他没有回到寝室，而是躲进了一个黑暗的自习教室,偷偷地哭了起来。哭着哭着，他睡着了。可是今天早上的他，仍然回到了寝室的床上。

然而，他那依然隐隐作痛的左手腕又是怎么回事？还有那只蝴蝶，它是在帮他吗？还是在害他？如果不是那只蝴蝶，他恐怕真的记不起这一切了吧？

晚自习总算结束了。白钰星拿着书去高三（6）班，却没找到柯雨棠。

虽然很失落，但他的嘴角终于微微扬起了。

就等明天吧。

4月
22
星期三

第十三天：

梦魇

白钰星早早地在闹铃声中起来了。刚醒时，他的怀中正紧紧抱着两本《暗网》。

昨夜，他做了一个令人感到压抑的噩梦，胸口有疼痛感，后背几乎湿透。

梦里，他置身于一个巨大的迷宫里，迷宫的边缘是万丈深渊。黑色与灰色的阴影如影随形，一个声音不断地响起："阻止她……忘却她……走出去……忘了她……"

白钰星用湿毛巾擦了擦身子，换上一件新衣服。他得去找柯雨棠了。

柯雨棠果然在教室里。他径直走向她的位子，递给了她那本《暗网》。她接过，长舒一口气："你可算是找到了。"

化学课下课，他们再次聚在一起。“前一天发生了什么事？”柯雨棠问道。

“又是一系列巧合，然后，我拿回了《暗网》。一切就像是安排好的一样，我们不停地丢《暗网》，又不停地成功找回。这就像是循环中的循环，你懂吗，就是那种感觉？”

“你是说，这里发生的事，其实是像被设计好的一样，是这么个意思吗？”

“对。所以我们现在只能在保证书不再被其他人和事影响的前提下，再去寻找突破口。还有这个，你看，”他翻开书的最后一页，“故事的最后，又多了一句话，我觉得它真的有可能在给我们暗示。”

“她将永坠寒冬，挥尽余温。”书里这样写道。

“可这又是什么意思啊？如果这真的是在给我们提示，那未免也太抽象了一点。”

白钰星想起了梦里那诡异的低语声。不过，他实在无法将两者与现实联系在一起：“那么，就多留意周围吧。相信一定会有结果的。”

“嗯。”柯雨棠表示同意。“那我先回去了，你保护好《暗网》。还有，也保护好你自己。”白钰星抬了抬眉毛，把书合上。“那今天中午还是一起吗？”“Yes，在老地方。”

两人都心领神会。

连睡个午觉都是可怕的梦。

白钰星只感觉一脚踏空，向下坠去，然后惊吓着醒来，也顺带吓了刚睡着的同桌一跳。

“哎哟，我去，你干吗呀，一惊一乍的？吓死我了。”关峰元皱着眉头看了头发凌乱的白钰星一眼，又慢慢趴回桌子睡了。

原来又只是梦。不过很逼真。

可谁知道呢？说不定，现在这个逃不出的周三也是场梦呢！

一场无尽的梦。

体育课后，柯雨棠来找白钰星：“今天晚饭就不一起了噢。”“怎么了？”“没什么，只是好久没和我那位初中同学一起吃了。虽说时间一直停留在周三，但我都快两周没见到她了。”“哦？你不是说一直找不到她吗？”“今天，她在上课的时候，我路过他们班的窗口看到过她了，不过还没亲自跟她说过。到时候，我在最后一节课的最后几分钟找个理由出来，然后在她教室门口等她就好啦。”

最后一节自习课真是无聊。在本子上涂涂画

画了半节课后，白钰星再也忍不住，假装要上厕所，从教室出去了。当然，外套里面藏了《暗网》。

他溜到了操场上。操场上有很多人，都是高一的学生在上课外活动课。他绕着操场走了一圈后，下课铃响了。于是，他慢慢地走到餐厅，买了一个三明治，然后一边吃，一边走在林荫道上。

林荫道上，还有一个女孩正在前方朝他迎面走来。走得近了些，白钰星听到了她断断续续的哭声。

这个女生，他好像之前也遇到过。是在什么时候来着？

当哭声又听不见时，白钰星正好吃完了三明治。可是，之前的线索突然一股脑儿涌入白钰星的脑海，迅速编织成了一张巨网。

“阻止她……”

“逃出去的唯一方法，是阻止她……”

“迷宫……阴影……万丈深渊……”

莫非……是这样？！

白钰星飞速转身，以百米冲刺的速度向远方的女生奔去。可是，她消失在了转角处，消失在了楼与楼之间。“同学！”他拉住一个人问，“你有没有看见一个女生哭着走过去？”“看见了，她好像朝那幢寝室楼走了……”

糟糕，不会来不及了吧？白钰星跑过去，一个箭步冲进了女生寝室楼。门口的大妈想拦住他，可是让他给挣脱了。只爬了两层楼，白钰星就发现他跟丢了，那个女生已不知去向。难道是他多想了？应该不会这么巧的吧，所有线索都指向了她啊？

他身边的寝室里走出来一个女生，看见他吓了一跳，尖叫了一声躲回房间。

“喂！上面的男同学！适可而止了吧！”一个响亮的男声响起。白钰星知道，是路过的老师来抓人了。

算了，大不了吃一次处分。

白钰星又一次光临学生处。何主任正在盘问他。

“几班的？”“高二（7）班。”“什么名字？”“白钰星。”“你知不知道自己在干什么，啊？这是要留校察看，记大过的！”

白钰星插兜的手紧紧护着藏在外套里的《暗网》：“何主任，我是在见义勇为。”

“见义勇为？”何主任脸都涨红了，“你要脸吗？闯女生宿舍，你还告诉我是……”“何主任，”白钰星打断了他，“我想请您好好查一下，高三有没有一个班少了一个人？”“什么？”对方眯着眼看着白钰星，眼神中充满鄙夷，“你想说什么？”

“我的意思是……”白钰星还没说完，一个穿皮衣的男子敲了门，打断了他的话。

“何主任，”来者是教导主任，“刚才高三（9）班班主任给我打电话，说他们班的凌梓珑不见了。”

凌梓珑？这个名字好像……

为什么是她啊？！

咚咚咚！又有人敲门，是一个气喘吁吁的宿管大妈。“何……何主任喔！”她带着口音，“那边的那个寝室楼，有个女娃子……出事情喽！”

何主任的脸成了绿色。

第十四天：

纵身

白钰星根本无法忘记昨夜柯雨棠的泪眼。

她的哀求声仍在他耳畔回响："白钰星，求你了，救救她吧！"

那毕竟是她的知己啊！

而且，他也明白，凌梓珑是非救不可的。如果《暗网》上的话是真的，这也许就是逃出这一天的关键！

"我一定会救下她的。"他向她保证。

阳光倾泻在校园的小径上，可今天，白钰星觉得这场景很有凄凉的意味。

他找到柯雨棠，她的眼睛是红的。"感觉好些了吗？"他问。"稍微好些。""她为什么选择那样做呢？""只有我知道她，知道她是一个内心很脆弱的人。昨天，我去他们班没找到她的时候，我就猜测，说不定有什么大事发生在她身上了，可究竟会是什么呢？我根本想不通。这一切总不会又是我的错吧？”“别这样想，不要有压力。我们可以亲自把原因找到，一定可以的！”

早自习，白钰星没有打开《暗网》，而是直接把它塞到了书包的最里面，就像柯雨棠做的那样。此外，他特地嘱托了卢正枫留意一下他的书包。卢正枫这人在关键时刻总是靠谱的。

上午，他抓紧每一个或短或长的课间跑向同一层的高三（9）班——三个年级之间的教学楼是连通的——可都没有找到昨天那个哭泣的少女的影子。化学课下课，他实在忍不住就问了9班的一个女同学：“哎哎，同学，你知道你们班的凌梓珑同学今天干什么去了吗？”“不知道。她好像今天没来过。我也忘记了，反正我没看见她。”“那她今天上午是请假了吗？”“我不知道。”

好家伙，是真的没有一个人关心她吗？

“那她的座位在哪里？”“喏，那个。”对方指了指角落里的一个位置。桌上的东西很是杂乱，有书、纸箱、塑料瓶……白钰星想起来了，柯雨棠告诉过他，凌梓珑喜欢画画，想成为一名“新画家”。

“谢谢。”白钰星立刻走进了9班的教室，想去凌梓珑的座位一探究竟。

“嘿！这位同学，这里可是我们9班的地盘！你这么张狂地走进来，是想干什么啊？！”一个长得不太聪明的高大男向白钰星走来，嘴里说着一些不知所云的话。

白钰星没把他放在眼里，径直走向那个座位。那个傻大个儿见对方不理他，怒从中来，猛地从背后推了白钰星一把。白钰星一个踉跄，整个人扑在了凌梓珑的桌上，一堆杂物掉落一地，发出沉闷与清脆的响声。

好不容易重新站起来，白钰星怒视着那个无礼的“推手”，大声呵斥道：“没事挑事，你是不是闲得慌啊？”

“嗬嗬！小子！你今天算是真把我惹毛了！”傻大个儿笨拙地撸起袖子，挥了挥拳头。整个9班的人都在等着突然降临的好戏开场呢，他们一个个屏息凝神，目光汇于二人身上。

一个甜美但坚毅的声音从门口传来，打破了现场的寂静。

“白钰星！”

白钰星望向门口，是柯雨棠。他还没来得及开口，那个傻大个儿先说了话："棠棠?！你怎么来了？"

"别再叫我那个恶心的叠词名字了！"柯雨棠一脸冷冰，"我是来找他的，跟你无关。"她指了指白钰星。

"他？他是什么人？"傻大个儿傻了，也指着白钰星问她。

"他是我男朋友！"

就这么一句话，傻大个儿竟然扑通跪下，"哇"的一声号啕大哭起来。

这个家伙，是有什么大病吗？

回到高三（6）班的门口，柯雨棠才向白钰星解释道，那傻大个儿是个大舔狗，每次见她就没话找话，而这次她总算让他彻底死心了。

"你刚才的样子，真的有惊艳到我。"白钰星笑了。她只是浅笑了一下。"看来凌梓珑她上午和下午第一节课都不会来学校了，照我之前的观察来说的话。可是，他们班拖课真的很严重，今天下午就根本没法进去找她了。昨天也是这样。我们一定要赶在最后一节课她消失之前找到她！""好！"

下午最后一节课的上课铃响起。有人站在门口喊道："你们班的白钰星在吗？"

"在。""出来一下吧。"

白钰星走出教室。"学生处何主任让你现在去一趟他办公室。"那个人说。

又是学生处！

白钰星一路小跑至那儿，发现柯雨棠已经站在里面了。

"你是白钰星？高二（7）班的？"何主任用一如既往的粗犷声音问道。白钰星点头。

"有人举报你们俩在校园里搞一些男女关系，我已经查出来了。"

白钰星气得咬牙切齿。"何主任，我们真的没有……""还不敢承认？！难道要我给你们看监控吗？你们两个，这节课给我老老实实在这儿写一份检讨！"

"何主任，我这节课真的有急事……能不能……"柯雨棠就快哭出来了。

"自习课能有什么急事？！别给我耍小花招！""何主任！"

白钰星拉了拉她的外套，示意她要冷静。

“干什么？在我面前，还敢做小动作。你想干吗，啊？！”“何主任，我们写，我们会写的。”白钰星连忙说，又瞪了柯雨棠一眼。

写完检讨，又听了一顿训，他们出来的时候已经下课十五分钟了。

“你赶紧去寝室里找她！应该还来得及！”白钰星对她说。两人跑到女生宿舍门口。“我先去了。”她说，然后上了楼。

趁着这个时候，白钰星跑去了学校里的小超市，买了三人份的晚餐。他回来时，却见柯雨棠已经在门口了，神色万分焦急。

“我找不到她！她不在自己寝室，其他所有开着门的寝室都有人，她不可能在里面。怎么办？”

“那天台呢？”“天台的门锁着，上面不会有人。”

白钰星皱起眉，推理道：“也对，她应该在寝室楼的人快走光了时才会出现，我们再等一会儿吧。”

柯雨棠望着楼顶，艰难地点点头。

“先吃点什么？”他递给她一包饼干。她摇摇头。

“你要不去天台门口等着？”“白钰星，我有点害怕，要是我没能阻止她，怎么办？”“我也和你一起上去，好吗？宿管大妈肯定也跑不过我们。”他提议说。“那如果你再被抓一次，怎么办？”“这算什么，到明天不就没事了？”“可你不是说，如果我们救下她，我们就能逃出去了吗？”白钰星笑了，有点无奈：“你别担心我。先救下她，再说吧。”

时间差不多了，门口的大妈也似乎去别的地方转悠了。“白钰星，你跑得快，先上去吧！”“嗯。”

白钰星三步并作一步向天台飞奔。

天台的门是开着的，锁孔上挂着一串钥匙。

天台上站着一个熟悉的身影，她趴在地上，不知在干些什么。地上有许多瓶瓶罐罐。

她发现了白钰星。“你是谁？！你是谁派来的？！”她发疯似的喊。她抬头的瞬间，白钰星发现她满身是颜料，衣服上、裤子上、手上、脸上满是红的、蓝的、黑的、绿的、紫的、白的颜色。天台的地面上，画了一朵未完成的巨大的花。

“你别激动！”他小心地一步步靠近。可没想到她竟掏出一把水果刀来：“你别过来！别过来！”

白钰星不敢再前进了，只能看着刀片的冷光与夕阳的余晖交织在一起。

“凌梓珑！”柯雨棠赶到了，“别这样做！别做傻事！”

凌梓珑拿着刀的手垂下来了一点，但马上又抬起了。“你也别过来！我不想伤害你！”她喊着。

“凌梓珑！真的别做傻事！”柯雨棠撕心裂肺地喊道。

但凌梓珑反而平静了。“我做过的傻事也足够多了，也不差这一件了。这也将是我最后的作品。”

“不要！凌梓珑！不要！”柯雨棠冲了过去，可是晚了。

她已经纵身一跃。

柯雨棠整个人瘫在了天台上，她的衣服也染上了那朵花的红色、蓝色、黑色、绿色、紫色和白色。

4月

22

星期三

第十五天：

错付

回想昨天哭得成了泪人的柯雨棠，白钰星心里很不是滋味。

凌梓珑的事，远比他想象中的棘手。想要拯救她，或许只能先了解背后的故事才行。

化学课一结束，白钰星便带着他的计划去往高三（6）班找柯雨棠了。他站在窗口等了好一会儿，都不见柯雨棠转头。于是，他只好从后门走了进去，拍了拍她的肩。“是你啊……”她的头发较之前显得有些凌乱，眼神过了好久才成功聚焦。“柯雨棠，我知道你很坚强的，对吗？今天我们一定不会出乱子了，只要我们足够谨慎。我会在中午去她的座位上找找线索，到时候，你就在门口或者附近帮我放哨，行吗？”“好。可是，中午什么时候去呢？”“中午你有兴趣去吃点什么吗？”“还是没胃口。”“那就铃响后，等人走光的时候。我也不是很饿。”

春日，暖阳正好。下课铃一响，热衷于奔饭的各班同学的身影就陆续出现在了校园的条条大路与小路上。

白钰星小心翼翼地进入高三（9）班的教室。教室里关着灯，空无一人，只有正午明朗的光亮透过窗子映入室内。他走向了那张凌乱的桌子。桌上还真够乱的：书本和试卷交错叠放着；颜料瓶有大有小，有方有圆，有胖有瘦，有立着的也有倒下的。一个小小的快递纸箱蜷缩在一隅，里面是沾了颜料的餐巾纸——或许还沾了泪水，不过谁知道呢——还有被揉成团的画纸和零碎的纸片。仔细看，纸片上似乎有残缺的文字。或许，这些都可能成为线索。白钰星咬咬下唇，将整个纸盒拿起。

他们来到了一间人较少的自习教室，开始翻找起来。缓缓展开的纸团上，一朵花显现了出来——这似乎是一朵玫瑰，但花瓣是银色与橙色交错着的。多古怪的画啊！但除去色彩不说，这朵花有一种别具一格而抓人魂魄的美——至少白钰星这么想。这幅画会和这件事有关系吗？白钰星怎么也想不到，箱中除了这幅画与一堆纸巾的遗骸外，就只剩下一堆纸屑了。“这应该是张小纸条撕碎后的样子，可是要把它们拼起来，好像挺难的啊……”白钰星轻声道。“交给我吧，我小时候还是很擅长拼图的。”她一脸沉着。

才拼了一会儿，白钰星的肚子就响了起来。“你饿了，快去吃中饭吧。”柯雨棠抬头望着他，眼中充盈着关切。“那要不要也给你带点什么？”“没事的，我现在不饿。”“那我先走了，你保重。”

“拼图”可算完成了，白钰星也正好赶回来。“喏，怕你饿着。”他递给柯雨棠一瓶牛奶和一只小小的菠萝包，示意她吃点。“谢谢！”她接过午饭，打开包装狠狠咬了一口，“你看一下这张纸条。我刚刚拼完，知道她为什么这么伤心了。”

纸条上写着的，好像是两个人的对话，从不同的字体可以很清楚地看出对话的内容。

“快看看我的新作！请你第一个评价！”这似乎是女生写的，清秀、潇洒而不失风雅。柯雨棠告诉白钰星，这是凌梓珑的字。

“这什么玩意，颜色也太丑了吧，你怎么画得出这么奇葩的画啊？”这是一个狂野的字体，应该是某个男生写的。

“我本来想把它送给你当生日礼物的……”凌梓珑写道。

“你画得没有我女朋友送我的好看。”

“你上次不是跟我说，你没有女朋友的吗？”

“你上次只问了我学校里有没有，又没问我校外有没有。”

好一个理直气壮的回答，彻底击碎了凌梓珑的心理防线。

“原来，凌梓珑经常向我提起的那个男生竟然是个渣男。”柯雨棠很是愤然。不过，在自习教室里，她也没敢说得很大声。

“你确定就是这个人？”“对，他好像叫程吟。以前，凌梓珑告诉过我，他高高的、帅帅的，而且是全班唯一肯主动和她搭话的人。现在，遇到这样的事，她一定会崩溃的。”

“那我们怎么办？”“今天，应该不会再有麻烦找上我们了。这样的话，我们应该在下午最后一节课她出去前拦住她！”

体育课的自由活动时间到了，可白钰星却突然退出了排球赛。“怎么说不打就不打了你？”卢正枫责怪道。“我也想打啊，可是我真的肚子不太舒服,会拖累你们的。”白钰星借口说。“你……行吧行吧行吧，上你的厕所去吧！”卢正枫大手一挥。

走在回教室的路上，他突然听到教学楼传来一声沉重的撞击声，以及尖叫与喧哗。

不会吧!

白钰星和柯雨棠所做的事，不知怎的改变了凌梓珑的活动轨迹，使她在才刚到学校不久后，就当着全班的面跑到五楼一跃而下。这下，全校都知道了。

“她已经被送去抢救了。”白钰星告诉柯雨棠。而她似乎已经麻木了：“这一次，是我们的错，对吗?”“是我的错。我不该拿了她的纸盒忘了还，也许她就是因为这个才……”“不，我也有罪过，很大的罪过,”她的眼神有些许空洞，不过一滴泪也没有流，“是我太过自私，自私地想拯救她，可这样做只不过是在一次又一次地折磨她……”

“柯雨棠,”他停顿住，等待她看向了他，“她的爱没有错，无论是对绘画的爱，还是对程吟的爱，都没有错。你对她的爱也一样,不会成为一个错误、一种折磨的。我们会拯救她的，一定会的，也一定会证明，你们怀有的真心的爱，没有错。”“可你也知道，做到这一切并不会那么容易……”“正因为不容易，才要去尝试啊。”

柯雨棠抿了抿小嘴，点了点头。

夜里，躺在床上，白钰星正在为明天的拯救思考对策，他忽地想到了什么，恍然大悟。

“橙”色和“银”色。

原来如此啊。

真是个用心的女孩啊……

4月
22
星期三

第十六天：

真心

白钰星知道该怎么做了。

无法在结局时救下她，那是否可以在源头上拯救她呢?

或许，最快的方法，是使用一个善意的谎言。

“柯雨棠，快给我讲讲凌梓珑跟你聊过的她和那个程吟的故事!”“嗯？怎么突然要问这个?”柯雨棠今日的气色比前两天好些，看来也已经做过一些思想上的自我安慰了。

“我已经有方法了。你快给我讲讲，这样的话，成功率会更高。”

“什么方法?”

“暂时保密。”

“啊？告诉我吧，我也可以帮你一起的。”

“不，我不想再让你有任何的负担与自责了，尽管交给我。”

于是，在柯雨棠的讲述下，白钰星渐渐了解了凌梓珑一贯的处事风格。

初次见到程吟时，凌梓珑只觉得他帅，并没有太多在意，毕竟这样的人大概率是与她无缘的。可是，那天的一场篮球赛，球在激烈的对抗中偏离了路线，弹跳着来到在人群中观看球赛的她的脚下。然后，她听到他在喊她的名字。她从未听见过有人在这么多人面前高声呼喊她的名字。她捡起球，递给了正向她走来的他。他们的眼神对上了。他冲她笑了一下，随即又踏上了球场。从那一刻起，凌梓珑明白自己已经彻彻底底地喜欢上他了。

那一次比赛后，程吟每一次见到她，就会与她热情地寒暄，这让她感受到了从未在异性身上感受到过的温暖。她确信自己遇上了对的人。可是，也仅仅是这样而已。现在，程吟被证明并非一个好人。可是，如今才醒悟的凌梓珑已无法接受这一切。

她一直都对他的话有绝对的信任。那一次，她问他，在学校里是否有喜欢的女孩，他矢口否认。

这让她暗自心花怒放了好久。他还说，他不在学校找女朋友，是因为他不想时常在朋友和女友之间抉择。

可是，现在，一切都被撕裂开，轰然崩塌。

白钰星知道，唯一能拯救她的方法，是让她感到自己是被理解的、是有人懂她心意的。

而且，关键的一点，白钰星有模仿他人笔迹的能力。

于是，他在便签上开始了他的“写作”。

下课铃响了，晚饭时间到。白钰星走向高三（6）班去找柯雨棠一起吃晚饭，可是他远远地就看到她和凌梓珑走在了一起。凌梓珑好像在向她悄悄地讲述着什么。

白钰星终于释怀地笑了。今天晚饭，就让她们俩一起吃吧。

晚自习下课，柯雨棠来到了高二（7）班的门口。“喂！白钰星！有人找你！”体育课代表——老实的张祺在门口向白钰星喊道。

白钰星放下手中的《暗网》，把它塞进了书包，从后门走了出去。

“白钰星，真的很谢谢你！凌梓珑现在状态很好！”她笑逐颜开。

“我们俩之间，就没有必要这么郑重地道谢了吧？都是我应该做的。”见她笑了，他的嘴角也不自主地上扬。

“所以，你到底用的什么方法？”

“我假借程吟的身份，模仿他的字体给凌梓珑写了一张类似道歉信的便签。然后，中午赶紧到小超市买了一本笔记本，把这两样东西一起塞到了她的抽屉里。”

“你写的什么啊，这么管用？”

“呃，也算是个善意的谎言吧。我说，梓珑同学，你送我画的事，真的很对不起。其实，我一直是懂你的。那次在纸条上写的是故意拒绝你，因为我怕这样会影响到你。可是，没想到你会这么伤心，一整个上午都没来上学。我说，我很后悔，其实那张纸上的都是骗你的，你的真心我本也不想伤害。可是，就怕这一切传到同学耳中，再告诉学生处主任之后，你我都会受伤。所以，原谅我，也体谅我，好吗？这本笔记本是我送你的礼物，你应该懂得的吧？收下我的歉意，往后明面上我们是普通朋友，内心里我们还是好朋友，别再生我气了，好吗？”

“你就写了这个？”柯雨棠觉得很不可思议，“然后，她还真的相信了？”

“可别小瞧我了，”白钰星笑了，“我可是很会洞察人心的呢。我知道，她一定会相信这些的。”

白钰星心里当然明白，一切并不只是他写了一张便条这么简单。

他送出的那本笔记本的封面上，是一只紫色的卡通小龙——

一只可爱的“紫龙”。

回到寝室，白钰星有些怅然。这下，是不是就能走出这循环了呢？

他翻开《暗网》，去寻找之前那句指引他的话：“逃出去的唯一方法，是阻止她……”

可是，他怎么也找不到那句话了。

那句话原来的位置，成了另一句话的所在地。

“而我真正的影子，藏匿在围城里不为人知的一隅。”

4月
22
星期三

第十七天：
迷茫

闹钟终于又一次响起，在周三的清早。

还是那个熟悉的周三。

白钰星记得很清楚，昨天的他的的确确阻止了那个她。可是，他们并没有逃出去。准确地说，救下凌梓珑没有带来任何改变，一切都在一夜之间重置。而每天夜里到了某一个时间点，他便会感受到巨大的困意，并似乎被强制执行了睡眠。

唯一可能的线索没了，书中又突然蹦出一句莫名其妙的话。白钰星真是不知道该不该相信了。

白钰星来到和柯雨棠约好的早餐地点，看见了柯雨棠。柯雨棠今天又穿上了那件红衣服，显得格外亮眼。

“没想到一切还没有结束，”她说，“我们真的还有机会出去吗？这样一天天重复的确让人觉得无趣起来了。而且想到昨天好不容易救下的梓珑又要再救一遍，就觉得更烦了。”

“看来，你还是放不下她的事啊。如果你真的过意不去的话，我会每天帮你救一次她的。只是，我在想，这一切究竟还有意义吗？当时间开始循环于一天，我们所改变的一切，除了彼此之外，还会有什么意义呢？”

“白钰星，”她喝了一口绿豆汤，说，“我曾经这样想象，如果这每一天的重复是打开一个又一个新的平行时空，那么我们所能做的，可能也不仅仅是改变这一天那么简单了。”

白钰星有点为她的想法所震撼。如果真是这样，不同时空的凌梓珑的结局，都将与他们的举动息息相关。说实话，这并非无稽之谈，反倒甚至是极有可能的。

“嗯？白钰星？”

白钰星从这个猜想中回过神来：“没什么，我刚才在想象你所说的平行时空。如果真是这样，想必在某一个平行时空里，我们终会有无法遇上的时候吧。”

柯雨棠笑笑：“哎呀，你别想得那么伤感嘛，还是先讨论一下怎么找到这一切的幕后者吧。今天，你怎么没拿着《暗网》？”

“我放在寝室里一个比较安全的地方了。”

“啊，那就看我的吧，不知道会不会有什么新内容呢。”

“昨天晚上我看过了，好像是比较前面的一页，我给你翻……喏，就是这个。”

“我看看？‘而我真正的影子，藏匿在围城里不为人知的一隅’？这不会是在暗示我们幕后者所在的位置吧？”

“你的意思是，这个幕后者一直在某处窥伺着我们，然后通过这本《暗网》向我们传递信息，帮助我们找到他,或者帮助我们找到出去的办法？”

“我大概是这样猜测的，至于那个‘阻止她’的线索，没准我们理解错了呢！那个‘她’万一不是指凌梓珑呢？”

“也对，那么我们今天中午出发找找？”

“嗯，好呀！”

将笔记本和便签放进凌梓珑的抽屉后，两人开启了寻找的旅程。

“围城”很有可能暗指的是学校，那么校园外便暂且不予考虑。

可是“他”——或者是“她”——又藏在哪个角落呢?

图书馆吗?似乎没有藏身之处。不过,那儿有第三本《暗网》。白钰星翻开来浏览了一遍,内容和第一天时的内容一样,并没有像另外两本那样改变。

体育馆吗?他们还真发现了一个平时没注意过的小门,在电力供应间里。不过,门锁着,写着“闲人免进”。他俩虽不是什么“闲人”,但也没辙。

操场旁的小树林吗?这儿的确有点神秘。不过,这里装有一个摄像头。据说,何主任每天都会看一遍这儿的监控录像。原因的话,大家再清楚不过了。

历时三十分钟,两人搜寻未果,只好约定晚饭后再寻。

当然,怎么可能那么简单就能寻到呢?一天下来,什么也未发现的二人陷入了迷茫。

晚自习下课,白钰星去高三(6)班见柯雨棠。恰巧,凌梓珑也来找她。

“哎?柯雨棠,这是哪位啊?”凌梓珑好奇地问。“他是高二的白钰星。”“你好!”白钰星对着凌梓珑微笑了一下。

“你好！我是高三（9）班的凌梓珑，柯雨棠的朋友！”凌梓珑似乎已经变得开朗起来了，“哎？柯雨棠，你们俩怎么给我感觉关系不一般啊？”

柯雨棠开始咳嗽起来，但白钰星却不隐瞒：“对，就和你想象的一样。”

“哇！真的哇！不是我说，你俩真的是天仙配唉！柯雨棠，你怎么突然就多出了这么个男朋友了？你俩什么时候认识的？”

“大概……两周前吧。”这次是柯雨棠回答的。“那我之前怎么不知道？你一直瞒着我啊？太坏了你！这种好事也不向我分享分享，说点给我听听啊！”白钰星忍不住笑了一下，逗得柯雨棠也笑了。一切都发生在同一天，凌梓珑怎么可能知道呢？

“对了，凌梓珑，我想问你个问题。”白钰星自然地问道。“什么问题啊？”“你知不知道学校里有没有什么很少有人知道的小角落啊？”

柯雨棠的双眼瞪得大大的。“啊？问我这个干吗？”凌梓珑先是疑惑，然后立即恍然大悟一般说道，“哦——我知道了！你们想整点浪漫的是吧！那你可算是问对人啦！”柯雨棠的脸“唰”的一下红了，想要解释，却被白钰星拉了一下衣袖，这才先忍住了。

“首先嘛，就是尽人皆知的小树林，但那里不推荐去，因为有监控；然后，是体育馆器材室里面有扇木门，门里是一个小仓库，管器材室的大爷经常忘锁门，你们可以趁他不在的时候去，他老人家毕竟也不太灵敏了；最后，就是科技楼五楼的心理走廊，那里有一个‘呐喊室’，可以进去把门锁上，而且隔音效果超好！”她竖起一个大拇指。

“凌梓珑，你怎么知道的这么多？”柯雨棠简直惊呆了，她不敢相信眼前的凌梓珑和她所认识的凌梓珑是同一个人。

“我啊，常常一个人在校园里走，走着走着，走得多了，就知道这些地方了啊。”

柯雨棠能想象她一个人孤零零乱逛的画面。原来是这样。

回寝室的路上，白钰星和柯雨棠两个人肩并着肩。

“她真的变好多，对吧？”白钰星问。

“对啊！”

“我在想，有时候一个小举动，真的可以改变一个人很多。”

“是啊。还有，你是怎么想到要问她那个的？”

“你别忘了，我可是很会……”

“洞察人心的？”

“回答正确！”

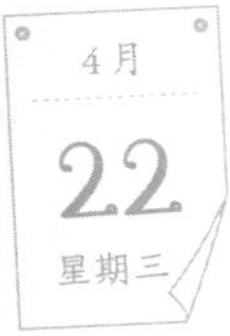

第十八天：

初吻

早早地吃完早饭，白钰星和柯雨棠来到了科技楼，拾级而上，目的地自然是那个“呐喊室”。

但他们不是为了“呐喊”，更不是为了别的，而是为了寻找他们口中的幕后者。

呐喊室里没有什么异样，也许不是这里。两人在里面此起彼伏地大喊了一会儿，又笑着回到了教室。

寻找，任重而道远。

鉴于早上的体育馆不开门，白钰星决定在下午体育课时独自一探究竟。

中午的话，自然还是要顺路拯救一下不让人省心的凌梓珑。

转眼间，体育课到了。“卢正枫，对不起了，今天的排球赛，我不想来了。”

“你不来了？干什么？不是，哥们，你不来我们怎么打啊？”

“找关峰元好了，他也会打的。”

“你同桌不是个排球废物吗？他怎么能上呢？”

“我真的有事情！求你了，让我退出吧！”

“哎呀——真是服了你个‘老六’了！行吧行吧！你不来我们照样能打！”

白钰星在心底说了声：“谢了啊，兄弟。”又对卢正枫说了声：“那你们加油啊！”

他来到了器材室，最里边果然有扇木门，门没有锁。白钰星趁着大爷不注意，轻而易举地进去了。

灯的开关就在门边的墙上。打开嗡嗡响着的灯后，他看清了这个小房间——房间里意外的干净，但东西堆得很乱。堆成小山一样的，是一张张军绿色的垫子，洁净如初。可是，除了这些和墙角脱落的石灰外，这个所谓“小仓库”里别无他物。白钰星有些失望。并不是这里吗？

刚要从器材室走出，丁可萌突然拦住了他，身后还跟着其他几个女生：“你来得正好，陪我们打几个羽毛球呗！”

“羽毛球？”白钰星有点不知所措，“怎么突然让我玩这个？”“哎，你闲着也是闲着，就打几个呗！”

白钰星刚想推辞，忽然计上心头：“那好吧，咱们去小树林旁边的空地打吧！”

沦为无情练球机器的白钰星陪着几个女生打得有来有回，但也一直在找准时机把球打飞到小树林里——这样，便可以名正言顺地进去而不被人怀疑了吧？但他没有想到，对面的丁可萌突然大喊一声“我要动真格了”，然后一个巨力发球，如有神助般让飞行中的羽毛球卡在了摄像头上。

还有这种操作？

丁可萌和她的同伴早已笑得肚子痛了，可尝试了无数次跳跃的白钰星却怎么也够不着那个卡住的羽毛球。

他无意间瞥见在沙坑处练习跳远的张祺。

老实的张祺。

“喂！体委大人帮个忙呗？”他向张祺喊道，而对方果然老实地走来了。

望着高处的羽毛球，张祺示意几个人退下，然后一小段助跑后奋力一跃——可惜，还是有一段距离。

“用我的衣服甩一下试试。”白钰星脱下外套给张祺，对方没有犹豫，又是一次起跳，再用力一甩！

咔嘣！羽毛球落了下来，可摄像头也如萎蔫了一般垂了下来。

好样的！

可是老实的张祺已是面如土色。白钰星上去拍拍他："要是有人问起，我会承担责任的。"

夕阳西下的时候，操场上没什么人了。

白钰星和柯雨棠来到了小树林里。这儿树木很是茂密，叶片挡住了夕阳的金晖。还有长到膝盖高的杂草，为这儿更添了一份神秘感。

"我们进去吧。直觉告诉我，是这儿没错啦！"柯雨棠似乎很有信心。再三确认周围无人后，他们走了进去。

小树林比他们想象的要深很多。这里被夹在学校的司令台与围墙之间，是一片狭长的区域。不过，入口只有这一处。

他们不断向最深处靠近。

"喂！站住别跑！"一个突然出现的稚嫩童音把他们吓得赶紧蹲了下来。两人蜷缩在一片灌木丛后边，大气都不敢出。

一个小男孩叫着跑进了小树林，身后跟着一个中年男人，应该是他的父亲，也是一位老师。

“小宝，别乱跑啊！”“爸爸，我真的看见了！就在里面！”小男孩一步步逼近。

白钰星的额头上聚集了豆大的汗珠。这次真的是在劫难逃吗？

“找到你了！小蝴蝶！”小男孩大喊。

咦？

“小宝！快出来！里面危险！”

“爸爸！蝴蝶飞过来了！快抓住它！”那个小宝转身，兴奋地向树林外跑去。

男孩的声音远去了。

现在，只剩下了寂静——还有两人的呼吸声。白钰星这才意识到，刚才自己和柯雨棠靠得那么近。他能感受到自己的心跳，一下，又一下。他们谁也没有说话。柯雨棠睁开眼睛，眼前便是白钰星，靠得那样近。她避开了他的眼神，抿了抿嘴唇。

一切都那么突然。

一切都恰到好处。

白钰星心中的那个声音不断让他向她靠近。

再靠近。

她没有闪躲，而是再次闭上了眼睛。

他已经能感受到她的呼吸了。

他也闭上了双眼。

就这么做吧。

仿佛过了一个世纪，柯雨棠才慢慢缓了过来。“我们……还……往里走吗？”她的声音轻得如同耳边的呢喃。

白钰星的脸比柯雨棠的还要红。他小心地抿了一下嘴唇，说：“走吧，正事还没有干完呢。”

二人继续向前走去。

在小树林的尽头，芊芊草木间立着一个不为人知的信箱。

他们对视，点头。白钰星打开锈迹斑斑的信箱门，往里面摸索着。一张纸很快被取了出来。

他把那张泛黄的信纸交给了柯雨棠，她把信纸展开了。

信纸上有字：

“你们可算找到这儿来了。”

4月
22
星期三

第十九天：信箱

闹钟响起，白钰星立马起了床。

拿起枕边的《暗网》，白钰星回想起昨天发生的事，心里有种说不出的感觉。他大致翻了一遍《暗网》，没有新的变化出现，而昨日那张被夹在书中的神秘信纸，也并没有消失。那么毫无疑问，这两者的背后，一定就是他们寻找多时的幕后者。

终于出现的幕后者让白钰星产生了更多的疑虑：写信的人究竟是谁？对方有何目的？这一切的循环到底是如何发生的，又为何会发生？不过，既然可以收信，那么寄信也不是没有可能。今天，他将把在脑海中搁浅了这么多天的所有疑问，通通倾泻于信中。

清早的暖阳依然自顾自地照耀着大地，校园

沐浴在温馨的氛围中，景色一片安然。白钰星陪着柯雨棠去买了早餐——白钰星自己还是买了最爱的饭团，而柯雨棠买的是热气腾腾的肉包子。“说起来，我都还没看过你写的文章呢。”白钰星率先打破了两人之间的无言。“啊，那我等一下拿来给你看吧，可别笑话我哦。”

他们继续走着，一路上不少人匆匆或悠闲地路过。

“白钰星，你觉得是一直待在这里好，还是逃出去会更幸福呢？”

“这……”白钰星竟一时答不上来，“我不知道。你是怎么想的？”

“我很矛盾。一方面是想出去，然后参加高考，考入梦校，踏入我想要的人生；可另一方面，在这儿和你一起的日子，我也很珍惜。”

“原来是这样。”白钰星缓缓点头，“人生啊，未来啊什么的，其实我都没有好好地思考过。也许也正是因为这样，我每天才会总感觉漫无目的吧。高考，对于人生来说，确实很重要吧？”

“不，也不全是这样。高考，对于大多数人来说确实是件大事，但也没有大人们说的那么重要。可对我来说，这是摆脱爸妈的束缚，将人生握在自己手中的唯一机会了。等高考完，过完生日，我也该成为大人了。这些都是遇上你之后，我才渐渐懂得的道理。一定不能辜负了自己的梦想，对吗？”

“对啊，”白钰星若有所思地笑了，“梦想是绝不可辜负的。听了你说的，我才发现自己和你比起来，还是幼稚了不少啊！”

柯雨棠笑着，眼睛就快眯成了一条缝：“那可不，毕竟在我面前，你还只是妥妥的小学弟一枚啦！”

“好啦好啦，”白钰星没好气地说，“咱们还是快想想那封信的事吧。”

商讨后，二人终于决定给幕后者写一封回信。信由白钰星执笔，也由他独自前往信箱处送出。特别地，给凌梓珑的信也得送达。上午加下午的苦思冥想实在让白钰星身心俱疲。终于，体育课前的白钰星伸手将抽屉里折好的那张 A4 纸拿出，塞入上衣口袋，前往操场了。

白钰星准备了很多问题：你是谁？是你把我们困在了这里吗？为什么要这样做？时间循环是什么原理？我们怎样才能从这里出去……他踏入小树林，轻轻地将纸塞进了信箱。

大功告成。

晚饭，则又是白钰星和他的朋友一起——柯雨棠在陪凌梓珑呢。

晚自习下课，白钰星发现教室里的柯雨棠正埋头写着什么。她一定在为梦想努力吧。他这样想着，就没去打扰她。

而他的梦想又是什么呢？他思来想去，还是没有结果。那就将一切交给时间吧。

他也开始相信，总有一天，他会找到心中的远方，完成属于他的那场蜕变。

回到教室，他打算从抽屉里拿出一沓试卷，可无意间发现了最上面的一张纸。

这是什么？

他突然想起，中午柯雨棠告诉过他，她已经把自己写的一篇文章偷偷塞进他的课桌里了，莫非就是这个？

他将纸展开。

啊咧？这不是他下午寄出的信吗？怎么……

难不成……

他不小心把她的文章寄了出去？！

这下可好，晚上的操场并不开放，小树林里更是漆黑一片。只是不知道那位幕后者看到回信会作何感想了。

4月
22
星期三

第二十天：

藏匿

昨晚，和柯雨棠解释完事情的经过后，白钰星提出今天他早起前往操场查看信箱的提议。

于是，此刻白钰星已经踏着起床铃，大步流星地向操场进发了。

操场上，已经有零星几人在晨跑了。白钰星也装模作样地跑了半圈，感到全身细胞被激活了，于是向身旁的小树林走去。

蹭了一手铁锈，白钰星将信箱打开了。之前放入的纸已经不见踪影，取而代之的是又一张泛黄的信纸。

“柯雨棠，无论怎样挣扎，你都是逃不出那样的结局的。”信中说道。

白钰星可谓一头雾水。柯雨棠说了，她给他

的那篇文章只不过是一篇小散记，大概讲了关于得到、失去和遗忘的一些见解，是她高一时写的。可是，对方的回信疑点重重，甚至直接写上了她的姓名以作称呼。

正当他要起身离开小树林，前往寻找柯雨棠时，他听到了清脆的电话铃声。本能地将自己隐匿起来后，他发觉声音似乎是从他背后的围墙外传来的——也就是校园之外。

电话的主人开始说话了，是一个熟悉的女声："喂？沈校啊，我已经在来的路上了。"沈校是白钰星他们的校长，而白钰星觉得好不对劲，这声音好像是他的英语老师。早上，她不是应该因为有事要处理而换课了吗？

"嗯，对、对，"那个女人继续说道，"在我手上。我已经换好课了，我马上到会议室来。"

然后，电话被挂断，一切归于寂静。

白钰星的好奇被彻底地激发了。

他的好奇心从不会缺席。

他决定一探究竟——即使逃掉早自习，也要一探究竟。

走出小树林，白钰星一路奔向会议室所在的行政楼，然后从后门溜了进去。

楼道里昏暗得很，所有的窗帘都严丝合缝地贴着窗子，就像拼图一般，使晨光没有任何泻入的机会。会议室在几楼呢？他拿不准，但也没敢轻举妄动，于是就在昏暗的楼梯下方蹲着，侧耳倾听。

万籁俱寂。白钰星不肯死心，他调整了一下蹲着的姿势，继续等待。

“不是说好的马上到吗？明明都离学校这么近了，她是蜗牛吗？”白钰星在内心埋怨道。

当上课铃从教学楼隐约传来之时，一串脚步声也越来越近。白钰星敢肯定——这准是 Miss 姚的高跟鞋！平时，她总要把自己打扮得漂漂亮亮的，也不止一次吸引了班上同学的眼球。听到这个声音，他赶紧调整了呼吸，使之显得更平稳、更轻柔、更不易被察觉。

脚步声由远及近，然后在他的头顶盘旋而上。

她上楼了。

白钰星猫步跟上。

脚步声来到了三楼，此时，沈校的声音传来了：“哎哟——亲爱的姚老师，您可算来了！”

白钰星大惊。平时的沈校以威严形象示人，而此刻他的语气竟变得如此轻浮。

三楼有昏黄的壁灯，白钰星躲在一面拐角的墙后边，窥伺着两人的身影。微光勾勒出他们的轮廓，白钰星将一切尽收眼底。难不成，这又会是一个无人知晓的惊天大瓜？且听——

“让您久等了，路上有点堵。”“哎哟，没事儿没事儿,东西带来了吗？”“都在这袋子里了，”Miss姚拍了拍手中的牛皮纸袋，“所有高三班级递交的申请表都在这儿了，还有部分通过校内初审的学生的个人档案。”“拿来我瞧瞧。”

牛皮纸袋被揭开，沈校接过一沓纸，一张张地翻阅着。

白钰星紧张地咽了口口水。

“1 班……3 班……6 班……11 班……还有 12 班，就是这几个是吧？”沈校的声音忽又重新回到了严肃的样子。

“没错，不过这样一来，名额就又满了。”

“啊？这可怎么办？你那边还没谈妥吗？”

“您先别急，您儿子的事我还会搞不定吗？”

“你！你知道他是我儿子了？谁透露给你的？！”

“先别激动嘛！都是江湖上的人了，知道一点也很正常。”

“你要是敢说出去……”

“我可不会做这种傻事。您认识的人有多厉害，我也是有所耳闻的。您就放心好了。这几个学生里面，您就挑一个出来，我再把这人的名额给换成您儿子的，这事儿就妥了。”

“好……那就它了，6班，图个六六大顺！能谈妥吧？”

“那当然，不过报酬什么的……”

“报酬？报酬一定会给到位！这你就放一百个心吧！”

“嗯，那咱就这么办！我看，您老为了孩子出国也是操碎了心啊！”

什么？出国？6班？白钰星心里突然咯噔一下，正打算偷偷离开，肚子却不争气地叫了起来——他似乎忘吃早饭了。

“谁在那儿？”只听得一声怒喝，白钰星没多想，三步并作两步地飞速下了楼，落荒而走。

那两人一个高跟鞋，一个关节炎，总不可能追上他吧？

果然，没有人追来。不过，他亲爱的班主任已经在教室恭候他多时了。

这下可好，今天上午除了写道歉纸条外，又多出了一份检讨书。

中饭时分，白、柯二人总算有时间对谈了。

“白钰星，有回信吗？”“回了。”“那回信里讲了什么？”

白钰星将一张信纸递给了柯雨棠。

“他知道我的名字？”她很是惊讶，“我记得我那篇文章里没有署名吧？”

“不如，今天你给他写一封，问问他。”

“我写？那我午自休写好，等你体育课前我再给你。然后，你帮我寄一下好了。”

“嗯，那就这样。”白钰星啜了一小口汤，“对了，柯雨棠，你之前说的那个重洋大学，是不是要提前申报过什么的呀？”

“对，要先进行有关英语的审核。我一个星期前就报好了，不知道能不能通过初审。”

“大概有多少人报了？”“不多吧，每班最多两个，而且每所高中也有所占的固定名额。”

“那你们班还有别人报吗？”“没有，我们班就我一个。怎么突然问起这个？”

“呃……”白钰星本想说些什么，话到嘴边又咽下了，“我的一个同学好像也对出国留学比较感兴趣，我帮他打听打听……”

“哦，这样啊。”

见柯雨棠未起疑心，白钰星松了一口气。仔细想来，还是先别让她知道的好，不然万一影响了她，就不好了。

可千万别影响到她。

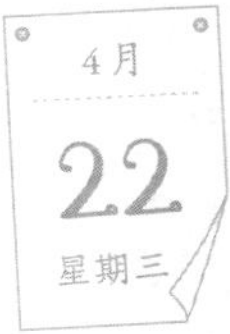

第二十一天：

告密

白钰星感到后怕。

昨天，他正要从教室取好信前往操场，便被人通知说校长要单独见他。白钰星惴惴不安地来到校长办公室，而对方只对他说了两句话："我想，我们已经心照不宣了。记住，如果你不够老实，你会为此而付出代价的。"

一大早，白钰星又来到了熟悉的地点，打开熟悉的信箱，拿出熟悉的信纸。

信的内容却并不全部是对昨日柯雨棠所问问题的回答："你们存在于这里的目的，便是阻止一切。为了阻止一切，千万别有自己的想法。如果有自己的想法，恐怕一切会变得更糟。如果还不想逃离这一切，今天就试着逃离他的告密吧。"

“他”的告密？这是忠告，还是幕后者的精心安排？

似乎有些东西越来越神秘，而有些东西却越来越清晰了。

化学课下课，白钰星找到柯雨棠，向她展示了信件。

“他的意思是，如果不逃过那个他的告密，我们就能逃出去了？”柯雨棠读完，百般诧异地问道。

“字面上，似乎是这个意思。要不，我们先试着照他说的做？”

“怎么做？等着被人告密？”

“也许吧。”

“那告密的人会是谁呢？”

上课铃响了，白钰星一摊手：“谁知道呢？先暂且观望着吧，说不定那个他自己会出现的。”

这节是英语课。打从昨天开始，白钰星对Miss姚彻底失去了好感。于是，英语课上，他便抓紧时间写出了一封回信：

“那么，按照你所说的做，就可以逃出这里了吗？之前所问的那么多问题为什么不回答？最重要的，你是在帮我们还是在给我们设局？”

短短几句，浓缩了他内心最强烈的疑问。

希望明天，会有答复吧。

英语课终于结束，白钰星奔向小超市买了午饭和“紫龙小本”，然后急忙到高三（9）班把本子和便签塞进“小画家”的抽屉里。可就在他踏出高三（9）班时，他与一双熟悉的眼睛对视了——那个人，身穿绿色卫衣——是那天那个让他差点没找到书的“正义怪”！

“同学！”那只“正义怪”开口了，“我记得你是高二的吧，怎么来我们高三的教室里转悠了？老实交代！”

白钰星转身就走，但“正义怪”竟然也跟了上来，嚷道：“你不告诉我，我就去查监控，然后告诉学生处主任！”

真是一语点醒梦中人啊！

“他”的告密，这不来了吗？

可转念一想，白钰星发现自己陷入了两难。

若是逃过他的告密，今天他又无法验证来信上所述的真假了；若是任由他告密，凌梓珑就一定会出事——毕竟，要是监控查到他在人家课桌上动手动脚，一定会让人起疑心的——而万一正因为没逃过“他”的告密，循环结束了，那凌梓珑又该如何生还？

“其实，我是给学姐送情书的。”他编了一个理由，企图蒙混过关，可“正义怪”怎肯就此罢休？

“嗬，还理直气壮呢？！你的情书呢？”

白钰星灵机一动，拿出了口袋中给幕后者的信。“正义怪”伸手去拿，却被白钰星躲掉了：“我才不给你看呢！”

“你不给我看,那你就等着给学生处主任看吧！”

果不其然，午自休还没开始，白钰星就被何主任叫走了。“有同学反映，你在给高三学姐送情书，是真的吗？”

白钰星点头。

“情书呢？”“被我撕了。”“真的？我可是学过心理学的，少骗我！”何主任直接一把揪住白钰星的校服，从他口袋里夺得了那所谓情书。

读着手中的情书，何主任心中升起很多问号：“你这算哪门子的情书啊？”“我都说了，情书已经被我扔了。”“哼！这次先给你个警告！下次别再被发现做这种傻事了，学校是学习的地方！”

好说歹说，信还是被没收了。不过，万幸的是，柯雨棠并没有被打扰。

这就够了。

信没了，可以再写一封啊。

这一天的最后，柯雨棠笑着告诉白钰星，经过这两天的努力，她对高考必胜的信心与日俱增。

而白钰星虽然表现出开心的样子，心里却一直存留着昨日的场景，挥之不去。

或许，他得帮她一把了。

他必须这么做。

4月
22
星期三

第二十二天：

逃课

信箱中又多出一封回信。

“按照我所说的做，你们便可以一步一步从这里逃出去。我一直都是来阻止那些不该发生的事的。”

果然，对方故意回避了一些问题。白钰星继续往下读：“请将你们的《暗网》各自放于课桌上，然后逃掉上午的任意两节课。这是你们今天的任务。若想逃出去，就先完成这第一步吧。”

是这样的任务？

吃完早饭，白钰星立刻给柯雨棠看了今日回信。柯雨棠思来想去，提出可以一试，不然永远都不会知道对方所说的真实性。这下可又麻烦了白钰星，他再次体验了一回狂奔回寝室拿东西的争分夺秒，只不过这次不是拿手表，而是拿那本神奇的小说。

物理课拖完堂，下课时间仅剩一分钟了。白钰星将《暗网》放在桌上，再把笔袋放在了它上面，使它看起来不那样显眼。

然后，他走向了操场。

上课铃响起，白钰星抵达了操场。操场上有几个班级正在上体育课，似乎是高一和高三的班级。柯雨棠也在其中一个队伍中——她这节课是体育。从远处望去，她的脸色似乎不是很好。

白钰星站在单杠下,等待着。然而他忽地瞥见，操场上还有一个他不愿见到的身影，绿色卫衣。

这下，他犯了难。此地不宜久留，趁对方还没发现他，还是先走为上计。

不知柯雨棠成功了没？这已经是上午的倒数第二节课，想必她至少已经逃了一节课了吧？

担心也没用，还是先保证一下自身吧！

上课期间的教学楼里，白钰星提心吊胆地走着，生怕被哪个认识的老师或校领导发现。担心《暗网》再丢，他特地鬼鬼祟祟地在自己班的窗口瞥了一眼。

它还在，幸好。

同学们正在上化学课，时不时哄堂大笑，没有人在意白钰星。一切顺利。

以防万一，白钰星上到科技楼五楼，想进呐喊室躲一躲，却被一个心理老师碰了个正着。

“同学，是心情不太好吗？”她温柔地问。白钰星只好点点头：“有点压抑，想来这儿喊一会儿。”“如果需要和我聊聊的话，尽管来找我，我的办公室在下楼右转第三间。”“嗯，好，谢谢。”

将一切糊弄过去后，白钰星把自己锁在了呐喊室里。

时间一分一秒地流逝。

真是无聊。

总算熬到中饭时间。白钰星跑到小超市，却傻眼了。货架上唯一的那本紫龙小本，竟然被人买走了！

白钰星一时间不知如何是好，可又有什么办法呢？先随便买本本子凑合着试试看吧！刚打算付款，柯雨棠竟也来到了小超市：“白钰星，我失败了。怎么办？”

“发生什么了？”

“我逃掉了第一节自习课，可等我回到教室，却发现《暗网》又被班主任没收了！都怪这该死的任务！我去找班主任要，可是他就是不还。然后，我怕拿不回来书却出了循环，我就会把你给忘记，所以就没有逃那第二节课……”

柜台收银的大妈用异样的眼神看了两人一眼。

白钰星登时想起，自己的那本小说可能也已经惨遭毒手，于是向柯雨棠说了声，立刻跑回了教室。

结果挺出人意料的——他的《暗网》还在。

两人再次碰面时，柯雨棠告诉他，她的班主任似乎一直把书放在办公室的桌上，所以拜托他帮她一把。

这毕竟也不是第一次了。很快，白钰星用图书馆那本《暗网》来了个狸猫换太子，这才让书回到了柯雨棠手中。

这所谓任务，原来这么难的吗？既要逃课，又要保证书的安危，这可真是一个几乎不可能完成的任务——除非委托周围的同学，不过谁让他们当初没有想到呢？

被班主任劈头盖脸训了一顿后，白钰星回到了教室。刘飞宇感兴趣地凑上来问：“你上午最后两节课干吗去了？”

“去找心理老师了。”他只好如此回答。

刘飞宇一脸失望：“切！我还以为是什么呢……”

见刘飞宇就要离开，白钰星拉住他，把他拉到一边：“嘿，借一步说话。”

“什么事？”

“能不能拜托你打听件事儿？我知道，你的情报网还是很广的。”

“说吧。”

“呃，我们的沈校长，有没有什么……私生子之类的？”

听到此言，刘飞宇立即比出一个噤声的手势：“嘘！聊这个可要小声一点！来，我们找个没人的地方说！”

“去哪儿？”“小树林！”

“啊？马上要上课了，你还去小树林？”

“哎，你到底还打不打听了？过了这个村就没这个店了！稍微少上几分钟的课怎么了？你又不是上午没逃过课！”

白钰星无奈，只好随他前往。

“这儿安全了吧？你快说吧！”白钰星急切地盯着刘飞宇，轻声说道。

“首先，要提醒你，”刘飞宇的声音压得比他还低，“关于沈校的背景和私事，千万别往外说！他背后的人，你可惹不起！”

白钰星感到不寒而栗，但示意他继续。

“据说，沈校他确实有个私生子，是高三一个叫沈金的人。那个人很令人讨厌，整天好像在行侠仗义一样，就爱多管闲事，还爱打小报告，真是没教养！”

“是那个家伙？！”白钰星震惊了。

“怎么，你知道他？”

“我也被他打过小报告。这种人真的很烦！”

“就是说嘛！”

“那你还知道一些关于沈校和 Miss 姚之间的事吗？”白钰星又问。

“啊？他们俩之间也有关系？”

“你……没听说过这方面的故事吗？”

“从来没有！”

“那你能帮我去打探一下吗？”

“这大瓜我求之不得啊！就包在我身上了！”

白钰星笑了。

这个刘飞宇，还挺有用的嘛！

夜里，柯雨棠告诉白钰星，她今天没能找到凌梓珑。

白钰星心中五味杂陈，正准备道歉，却听柯雨棠说道："这几天来，真是辛苦你了，为了我的一点私欲，忙里忙外忙了这么久。我也快释然了。信里说过，我无法'逃出这结局'，也许就是在说，有些东西根本不是我能改变得了的。我已经失去了凌梓珑，但我当下更不愿的是忘了你。遗忘比失去更可怕，对吧？"

"是啊。"白钰星欣慰地笑了，"不过，在我能力范围内的事，我一定会帮你做的。可如果代价是将你遗忘，我也一定会坚决不执行的。"

柯雨棠也露出一个笑容，很难让人察觉其中淡淡的忧伤。

第二十三天：
私奔

虽然昨天白钰星并未寄出一封信，但他还是去看了一眼信箱。

信箱里真的又出现了信纸。

“不完成我所说的任务，你们是逃不出这个循环的。今天，你们只需要带着你们的《暗网》，在学校里一个非寝室的地方度过长夜，就算完成任务了。”

又是一个任务。

到底靠不靠谱啊?

询问了柯雨棠的意见，她表示还是可以试一试。“毕竟，如果不按照信上说的做，我们也没有其他出去的方法了。我们一路过来都已经到这一步了，都可以与幕后者对话了，现在放弃的话，那也太可惜了吧？”

“话是这么说，但你不怕这会是在陷害我们吗？这样做风险太大。昨天，你都差点丢了书，那万一明天循环照常，我们不就又丢书了吗？”

“我感觉，还是应该相信他好。再说，我们可以在自己教室过夜，这样书不就留在桌上了吗？”

“半夜里，教室会开紫外线消毒的……”

“啊？那……那怎么办？”

白钰星长叹一口气：“柯雨棠，这个世界可能比我们想象的还要险恶，真的不要轻易相信任何人。我很有体会的。也许，这个幕后者并没有我们想象的那么可信。”

柯雨棠有点小失落。于是，白钰星又说：“不过，我们可以试一下。你把书带上，我把书放寝室里，即使失败了也可以挽回，对吧？”

“好吧，那也只能这样了。”

白钰星想起昨天他托刘飞宇打听的事，但对方在那天结束前仍杳无音信。于是今天，他早早地就向刘飞宇提出了请求。

“明天之前能打听到吗？”“那可不好说，我尽量赶在今晚告诉你。”

这刘飞宇，还挺靠谱。

今天还是照例救下了凌梓珑，不是因为别的，而是白钰星又有事相求。

在与凌梓珑的对话中，他打听到，体育馆东侧有扇常年不锁的小门。这下，可就方便多了。

晚自习，刘飞宇传来一张纸条："下课来找我。"下课后，他告诉白钰星，Miss 姚和沈校的关系似乎没有什么人知道，不过据说，Miss 姚最近一直在和某个大学的招生办秘密联系，说不定，是在给沈校的儿子开后门呢。"只是小道消息，我也不敢多打听。"他又补充了一句。

白钰星大概明白了。"你的情报是哪儿打听来的？"他问道。

"这个……不太方便透露呢！"

"那我能从哪里知道更多？"

"你想干什么？不是说过，让你别搞这些吗？"

"我是认真的。我想要揭发他。"

"你疯了？这是没有结果的！你和他有什么仇什么怨啊？"

"我相信，正义是不会缺席的。求你帮帮我吧！"

刘飞宇看着白钰星认真的表情，拿他没有办法："好吧。如果你实在是想得罪人，就去找高一

（12）班的陆文库吧。见到他后，报上我的名字。我只能帮你到这儿了。”

晚自习总算结束了，白钰星与柯雨棠会合，准备前往体育馆。穿过停车棚，两人来到了凌梓珑说的小门。

两人轻而易举地进门后，成功到达了体育馆内部。

白钰星不由得想起了那天在阴暗的行政楼的探秘之旅。这儿与当时的环境一样黑暗，只有缕缕路灯的光透出窗玻璃映照在地面上。

“好冷啊。”柯雨棠发抖着小声说，回应她的是阵阵回声。白钰星示意她安静一些，然后牵起她冰凉的手，摸黑着向记忆中器材室的方向走去。墙上的瓷砖很是冰冷，他也忍不住打了一个寒噤。

管理器材室的老头没让白钰星失望，他正如凌梓珑所说的那样忘了锁门。

“我们进去吧。”

说时迟那时快，一道雪亮的白光射来——是从窗外照进来的强光手电筒。

“怎么了？”柯雨棠的脸在灯光下显得雪白。

“应该是有人找过来了，快躲进去！”

不一会儿，两人已经走进了放满垫子的小储物间，锁上了门。脚步声夹杂着说话声一点点靠近，亮光透过门缝底闪烁着。“这里也没人。”外面的人口齿含糊，白钰星只能依稀听出这一句。然后，周围便渐渐安静下来了。

“我们成功了吗？”“应该没错，努力度过今晚吧！”白钰星的声音在黑暗中回荡，“你还冷吗？”“有点。”“把我的外套也披上吧！现在怎么样？”

“好多了。你不会着凉吗？”“我不冷，没事。”

“你说，明天会是 4 月 23 日吗？”柯雨棠问道。

白钰星还没想好怎么回答，他的意识开始变得模糊了。

手表的指针在黑暗中发出幽幽荧光。

他睡着了。

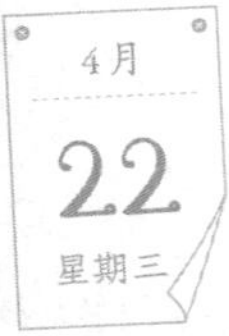

第二十四天：
黑幕

啊——啾！

白钰星打着喷嚏醒来。昨晚似乎着凉了，不过好奇怪，他明明在床上睡得好好的，被子也裹得挺严实。

闹钟也响了起来。白钰星伸手触到了枕边的书。

现在就很明显了，他再次将一切想起——时间停留在了4月22日，而他，白钰星，大费周章地去完成信中的任务，却还是没能逃出这已经开始令人头疼的周三。

来到操场，无非还是一派再熟悉不过的景象。取完信，还没来得及打开看一眼，他便赶向体育馆，轻车熟路地由小门入，在那个熟悉的小仓库里找回了那本《暗网》。

将书放到柯雨棠的桌上后，他觉得不放心，认为还是亲手交给她比较安全，于是又把书拿了起来。“高三生们看来确实很辛苦，这个时间点的教室里仍是空无一人，都在寝室争分夺秒地补充睡眠呢。”他想道。

高二（7）班的教室里，白钰星展开了信纸。不出他所料，又是一个无理取闹的所谓任务。

他已然发现，这一个又一个任务，都有一个共同点——有很高的丢书风险。那么，由此观之，这位写信者又是安的什么心？

这一次，他下定了决心。

他曾和她约定好的。

今天的任务，他是不会执行的！

不过，去找柯雨棠之前，他还要再去找另一个人——

刘飞宇口中的情报源——陆文库。

说明来意，又报上刘飞宇的名号之后，白钰星被陆文库上下打量了一番。“你等我一下。”陆文库回到教室拿了一张纸条，写了点什么，又拿着纸条走了出来，将纸条塞给了他。“少年，这可不是玩简单的‘警察抓坏人’游戏，”他用犀利的眼神看着白钰星，似乎要将他的心扎穿，“记住一句话，有勇无谋的后果可是不堪设想的。”

上午的化学课结束后，白钰星总算亲手把《暗网》交给了柯雨棠。

看了今天的信后，柯雨棠完完全全赞同白钰星的做法。幕后者的意图简直已经一目了然了。

“今天，我来给他回信！”柯雨棠主动请缨，白钰星没有拒绝的理由。“那我就在你体育课前来找你。”她说。

下午的信息课，白钰星偷偷溜进了隔壁在上课的另一个机房——据说，这里是有网络的。可他并不是为了进行网上冲浪。早上，他接过的纸条上，写的是一个网址和一串号码。

他小心地挑了个最后一排的位子坐下，没有人注意到他。从白钰星的座位向前看，大家无非是在打游戏、看视频，或者边打边看。

打开浏览器，输入网址，一个网站显现出来了。再输入密码，就可以浏览里面的内容了。

网站叫“名流网”，主页有一个搜索栏，写着“输入你想查询的人名”。

白钰星左看右看，确认没人在看着他，接着

输入了校长的名字：沈云端。点击“搜索”图标后，白钰星的瞳孔缩小了。

“沈云端，男，出生于……目前职业……”其中，最扎人眼球的是一个叫“涉世指数”的评分，满分 5.0，而沈云端的则有 3.7 分！

难道说，他背后的关系网，真有如此恐怖？

再往下看，全都是有关他的黑料，按时间排序。每一则黑料的旁边，都有一个“下载”键。白钰星试着点了一下，却被系统提醒：“该人物属于高涉世指数人物，是否执意下载？”白钰星犹豫了一下，点击了“是”。

“正在下载，一切后果请自负。”一个弹窗如此显示。

花了一节课工夫，白钰星将沈云端同 Miss 姚的一部分黑料下载到了 U 盘里。可是，他将 U 盘拔出时，却发现离上课只剩三分钟了。“完了！柯雨棠说好要来找我来着！”

回到教室，他发现自己的座位上围满了人。“白钰星，刚才有个女生给你送信来了！老实交代，什么时候谈的女朋友？”关峰元诡异地笑着。“来来来，我给你朗诵。”卢正枫有模有样地清了清嗓子，开始吟诵道，“别再派来什么虚假的任务了！

我可不吃你那一套！”读了两句，他发现了什么不对劲的地方，望向白钰星，嘴巴张得老大：“白钰星，你不会是要被人家甩了吧？”

白钰星一把将信夺过，怒气冲冲地对卢正枫说：“卢正枫！谁叫你看的？”

卢正枫显得有些委屈：“不是，我以为你要走桃花运了呢，想特地祝贺一下。谁知道，这信里写了这么悲伤的话题……”

白钰星叹了口气，顺势说道：“下节课的球赛，我不来了。”“啊？别生气啊你！你不在，我们可怎么打？”“我说不来，就是不来了！”白钰星把信放入口袋，扬长而去。

信中的内容的确很难不让人误会：“为什么我们不能坦诚相待？你做这一切的真实目的到底是什么？就是为了变着法子让我们把一切遗忘？你这根本不是在帮我们逃脱，而是在设局将我们逼向末路！”

她问得可真犀利啊！

晚自习课间，白钰星叫住刘飞宇。刘飞宇正要拿下午的“分手信”事件打趣，却被白钰星问道：“如果我想检举一个很有背景的人，我该向什么部门举报？”

“啊？你要检举谁？”“沈校。”

“啊？！”刘飞宇面色大变，“你开玩笑吧？你这是在玩火！”

“我是认真的，我只是想问，一点成功率都没有吗？”“这个……硬要说的话，还是有的。不过你得保证，受理你检举信息的人是个正义的老实人。就比如说，我们的学生处何主任之类的。”

“那还有其他方式吗？”“那再就是去网上实名举报。不过，就说不准是谁受理了。”

“懂了，谢谢！”

白钰星正打算直接前往学生处，却怎么也找不到U盘了。

该死！

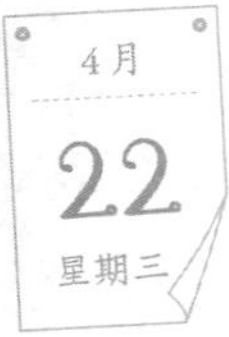

第二十五天：

反抗

幕后者终于露出了他的獠牙！

“对，”信中说道，“我的目的一直都是阻碍你们！我恨你们，恨你们还在这死循环中永不悔改！”

看着信中的内容，白钰星和柯雨棠都沉默了。果然如他们想的那样。可对方又与他们有什么深仇大恨？

一切变得更加扑朔迷离了。

不过，白钰星知道，这些都不是重点。他今天要做的头等大事，便是维护柯雨棠的权益，举报沈云端的行贿行为。当然，一切都不能让柯雨棠知道。

信息课结束，白钰星携U盘直奔学生处。

不幸的是，何主任并不在。

白钰星焦急地等待了整个下课十分钟，然而何主任却迟迟不出现。

这个何主任，不想看到他的时候他一直出现，现在需要他了却又不见踪影。

真是受不了！

无奈之下，白钰星先去上了体育课，并在小树林中将信放入信箱。他希望，这一次，对方能向他解释清楚一直阻挠他们的目的或者背后的原因。

随后，他再次回到了学生处。

这一次，他心心念念的何主任总算已经在座位上坐好了。

“何主任，我有一件事不知当讲不当讲？”

“这位同学，什么事啊？”洪钟般的声音响起。

“我想检举两位老师。”

“哦？说来听听。”

白钰星深吸一口气：“一位，是英语组的姚丽丽老师。还有一位……”

“还有一位是谁？”

“何主任，我相信您一定是会维护正义的吧？”

“当然了，如果对方真的有错在身，我一定会好好查一查他的！即使是我们沈云端校长也一样！”

“其实，就是沈校。”

何主任皱了下眉，问：“他们干了什么？你有证据吗？”

“证据都在这个盘里了。”白钰星说着，把U盘交给了对方。

何主任浏览着U盘里的文件，眉间的“川”字一直没有消去。

“我明白了，我会严肃处理的，请你放心。”

“何主任，还有一件关于他们的事：请您关注一下有关重洋大学申报表初审的真实性，我怕有同学会因为他们白费了三年的努力！”

何主任将信将疑地点点头：“好的，我大概明白了。不过，你是怎么知道这些的？”

“无可奉告。”

时间兀自流逝着，白钰星漫不经心地翻阅着从图书馆新借来的杂志，感到阵阵无趣袭来。

说实话，被困在这儿三个多星期了，他大多数时间都是在焦躁和忙碌地奔波。可这一切不但没使他感到充实，反而让他倍感空虚。好像一切都像一张虚无缥缈的网，每天重复着撒网、收网，可什么也打捞不上来。

何主任的喊话让他从沉思中恢复过来。于是，他放下杂志，走出了正在上晚自习的教室。

“对不起，我的能力有限，实在是帮不了你了。”何主任满脸歉意地将 U 盘还给白钰星。

“怎么了？”

“我被撤职了。从明天开始，我就不再是你们的何主任了。你可要保重啊！”何主任拍拍白钰星的肩，转身而去，徒留白钰星一人待在原地。

反抗，注定是没有意义的吗？

第二十六天：

深思

相同的清晨，相同的太阳。

白钰星已经记不清是第几次将4月21日的日历撕下了。不过这一次，他撕得格外轻柔。

清晨的露水像个调皮的孩子，黏着小草不放，在暖阳的轻抚下眨巴着晶莹的眼。

行走在校园里，白钰星已不再觉得扑面而来的微风有多清新，取而代之的是一种压抑着的麻木。

蹚过葱茏的杂草，湿了裤腿，白钰星抱着零星的期许打开信箱。

回信仍是出现了。

“你们一定未曾体会过被抛弃的感觉。我的青春也曾一样美好，可最后呢？只不过用苦苦的守候换来了他的杳无音信。曾经的一纸诺言在那个盛夏的开端被风吹散,独留我一人承受一切。所以,我恨你们，恨你们所正在经历的一切！你们根本什么都不懂,为什么还要做那些没有意义的反抗？”

这，就是幕后者的心声吗？而且，竟然是一个“她”，而不是他之前所想象的“他”。

可她做的这一切，仅仅是因为对他们的忌妒？

白钰星想不出所以然。

读完她的信，柯雨棠开了口：“她这样的行为，未免也太自私了一点。为了填平自己内心的伤痛，而去阻挠他人追寻真爱,这是何等的心理变态啊？”

白钰星表示自己持相同的看法。

没想到，两人身处的这个世界，仅仅是因为一次无理取闹的报复行动而产生的。

白钰星细细想来，仍是无法接受这一事实。万一，这又只是幕后者的一场骗局呢？在明处的人永远无法窥探到隐匿于暗处的心。

可是，倘若这个世界的故事就要因为这位幕后者所做的一切而发生改变，那么白钰星便更加不愿面对这种结局了。

无论如何，谁也别想阻挠他和柯雨棠的相遇！

白钰星这样想道。无论是机缘巧合的偶然相识，还是一见钟情的莫名悸动，再到朝朝暮暮的真心以待，一切都足以证明他和她之间有着谜一样剪不断的尘缘。他不会让幕后的她如愿以偿的。

回信中，柯雨棠狠狠地抨击了她的自私行为，并且向对方宣告，自己一定会和白钰星找到出去的办法。

她的心是坚不可摧的。

当然，想要逃出去绝不会那么容易。

困在循环中的他们不过还只是一对懵懂的孩子，这个世界对他们来说仍太陌生了。光凭冰山一角，是无法推知全貌的。

独自吃完晚饭，白钰星一反常态地去了寝室，登上四楼，从阳台向下俯瞰。

寝室楼就建在从教学楼到食堂的必经之路上。从上往下看，行人大多慢悠悠地结伴行走着，时而会有几个孤零零的身影在其间穿梭。白钰星感觉，从这种角度看，校园似乎并没有他印象中那样熙攘。

或许，是身在其中的缘故吧？

现在，再想想她所写的信，白钰星却多了种

不一样的感觉。

经历过被人抛弃的她，一定很绝望吧？

在她做出这些之前，一定也曾付出过全部的温柔与善意吧？

把所有错误都归结到她的身上，会不会显得太草率了一点？

或者说，她也正在等待着被救赎呢？

白钰星想起了他好久没翻开过的那本《暗网》，想起了那个绝望的结局。这难道就是这本神秘的书存在的原因吗？

……

他一直思索着，思索着。天也渐渐黯然失色，从炽烈的彩霞，再到被云层淹没后窒息的灰。

周而复始。

就在这种周而复始之中，白钰星改变了太多太多。可是，他也一直存留着那一份未曾改变的东西。

即使再重来一次，他也照样会这样做的。

这便是他。

他想用自己的坚持，换一次结局的改变。

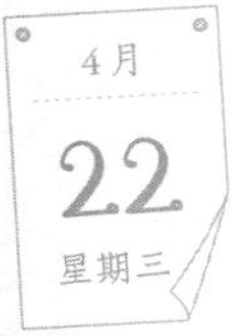

第二十七天：

缄默

信箱是空的。

这一天又重新开始了。

白钰星再一次坐在课桌前，翻开了那本他最爱的《暗网》。

几天过去，他已然对里面的具体内容记得不太真切了，因此根本无法看出哪些部分是否又发生了变化。

直到有一句话映入他的眼帘。

“他决心要突破这围圈的桎梏、这已固化的牢笼，义无反顾。”

他突然有种要逃出学校的冲动。

日复一日的校园生活可真是个巨大的牢笼，若是一直被困在这儿，恐怕就再也没有突破的机会了。

他把这个想法告诉了柯雨棠。

“如果你想尝试的话，我会陪你一起的。”她说。

“不，你就安心待在这里吧！我知道，你最近一直在默默地为自己的梦想努力呢。”

“可我总能帮上点什么吧？”

“需要你的时候，我会来找你的。”

为了不引起其他人的疑心，白钰星还是决定在下课时采取行动。

化学课下课，白钰星怀揣着《暗网》走向校门口，等待着有人或车的进出，使难以逾越的伸缩门打开。

可是，十分钟内，奇迹没有发生。白钰星只能另寻他法了。

回到教室时，Miss 姚的课已经开始了。白钰星没看她一眼，自顾自入座了。

还有什么出去的方法呢？除了硬闯之外，应该只有装病请假了吧？不过，他的班主任贾老师并没有那么好骗，万一被识破，又少不了写检讨了吧？

既然这样……不如让柯雨棠试一试吧？没准，

她可以拿到出门单呢！

柯雨棠欣然接受，不过又是败兴而归。“我们班主任说，最近来找他请假的人太多了，他的出门单都已经用完了，如果再向学生处要单子，学生处主任就要说他了。然后，他就说，如果我实在是身体不舒服，他就跟我一起去跟门卫说。我就说算了。真是奇怪，我明明记得上星期他还有很多出门单的……”

“你说，会不会又是那个幕后者搞的鬼？”

“啊？好像是有这个可能……这样说来，我们的一举一动难道都在她的监视下吗？”

“这也许没有。”白钰星思索片刻，“如果她真的连我们每一个动作都能看见，那我们的相遇也肯定早就被阻止了。”

“说得也是。只是觉得她的背后似乎藏着什么特别的故事……”

“嗯。好了，我再想办法吧！你忙你的。”

“嗯，好。拜拜！”她挥挥手，转身回到教室。

白钰星打算再去大门口碰碰运气。

这次，机会来了。有辆车缓缓驶来，铁门缓缓移开。此时不冲，更待何时？这次，势在必得！

但，他又错了。

才刚冲出门口三米，多名保安立即出动，如猎犬看到了野兔一般，爆发出了惊人的速度。

天哪！这都是什么人啊？白钰星即使用尽了全力，还是在十秒钟内被“捉拿归案”了。

看来，又得与何主任相约学生处了啊！

下午，生物课。

平常，白钰星都是心不在焉地听讲。可是，他没想到，这节课竟然启发了他。

“近期有科学家研究表明啊，冬泳和蒸桑拿规律交替进行，可能影响棕色脂肪燃烧能量、释放能量的方式……”生物吴老师正在读着题，下面就有同学打趣道：“这样一冷一热，不就得感冒了吗？”又是哄堂大笑。白钰星也笑了。

对啊！

请假的方式不就来了吗？

体育课，白钰星干脆来了一场酣畅淋漓的激情排球对战。当他们队拿下比赛，卢正枫拥抱白钰星的时候，他才发现白钰星已经打得全身被汗水浸透了。

吃完晚饭，他去冲了个澡，不过是冷热规律交替进行的特别版。洗完后，他头也没吹干就跑回了教室，又是一身汗。

晚自习下课，白钰星去找柯雨棠时，她被他这副模样给吓呆了。“你没事吧？怎么头发这么乱？”白钰星笑笑：“放心，这样我明天就能生病回家了！”“啊？为了这个，也没有必要以伤害自己的身体为代价吧？”

“不，只能这样了。”白钰星挤出一个疲惫但发自内心的笑。

“因为，这将是破局之时！”

4月

22

星期三

第二十八天：

破局

白钰星发烧了。

闹钟并没有叫醒他，直到卢正枫摇了摇他：“嗨，兄弟，太阳都晒屁股了！”

“卢正枫……”白钰星艰难地将身体转过一个角度，“我好像不太舒服，是不是发烧了？”说完，他又咳嗽了两下。

白钰星感觉到卢正枫冰凉的手在他额头上摸了一会儿。“你好像是有点烫啊！要不要我去向老头说一下，给你请个假？”

“拜托了。”

“那我给你把灯关了，你再好好睡会儿。”

“不用了……”白钰星咳着直起上半身，“你……帮我买个早饭吧，饭团里面随便加点儿……我现在就起来了。”

“好，那我给你带去教室了噢！”

这是怎么回事？明明昨晚睡得好好的，怎么突然发烧了？

他一转头，看到枕边有一本《暗网》。

触到书的那一刻，白钰星明白，他成功了。

不过，发烧的滋味的确不好受，整个人就好像炽红的铁球被推进了冰库，昏昏沉沉。

昏昏沉沉。

白钰星努力把自己从被窝里拽出，颤抖着穿上衣服，内心却是欣喜战胜了苦痛。

终于等到跨出校园的那一刻了！

化学课一结束，白钰星便将《暗网》收拾进书包，拿上来之不易的出门单，踏上了归家的路途。

临走前，他特地到了高三（6）班的窗前看了一眼。柯雨棠不在。

白钰星略显失望，不过转念一想：无妨，反正晚自习时他会回到学校来，将今天探索到的告诉她。

白钰星的爸妈正好在外出差，家里一个人也没有。他用钥匙开了门，去厨房煮了一碗白米粥。

接着，他打开药盒，取出了退烧药。不过，他并没有立刻吃药或喝粥的打算。

他走进书房，打开电脑。

他要举报沈云端。

登录名流网，下载，实名举报。一系列操作如行云流水。

希望能行。

喝了粥，吃了药，白钰星也并没有立刻上床睡觉，而是拿出《暗网》放在电脑桌上，打开搜索引擎，输入了"《暗网》"。

显示的结果中，没有任何关于这本书的内容。

他又搜索"安染"。

结果中，没有一个是作家身份的。搜"作家安染"也不奏效。

白钰星翻开《暗网》，将第一句话一字不漏地输入搜索栏。

仍是没有匹配项。

奇怪。

那么也只好先睡了。

醒来时，还只是下午三点半。

白钰星仍然在发烧。他爬下床，大口地灌入

温水，接着又走到电脑桌前，打开显示器。

一封电子邮件让他的双眼明亮了起来。

“感谢您的正义之举！有关沈云端、姚丽丽徇私舞弊、滥用职权的举报我们已经收到，我们将会严肃处理！”

白钰星欣慰地笑了。虽然，只是在这一天的成功，可这代表了他是有挽救柯雨棠的未来的能力的。

这就够了。

定好下午五点半的闹钟后，白钰星再次昏然睡去了。

可他没有想到，自己竟然病得那样重。

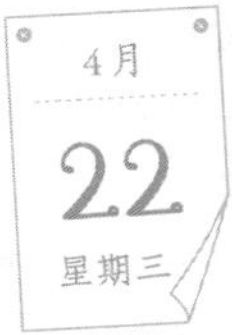

第二十九天：

歧路

当白钰星一身臭汗醒来时，他发现自己身在家中的卧室里。

为什么？昨天，他不是还在学校里吗？今天，不应该是周三才对吗？

他从床上下来，发现身体很是虚弱，像是得过一场大病一样。桌上的电子钟显示时间是4月22日，星期三，上午9时23分。他心爱的《暗网》也在桌上。

像做了一场梦，他莫名地出现在了这里。他怎么也想不明白，呼唤父母也没有回应。

不过，当他拿起《暗网》时，记忆汹涌进入脑海，一切也就明晰了。

他睡过头了！

昨天的他之后一睡未起。可是，他竟然没有回到寝室。这与他先前所经历的规则相悖了啊！但也正因如此，他才能幸运地又找回记忆。只是，现在的他意识到，校园内外世界的运行法则的确有很大差异。

他穿好衣服，走到电脑桌前，打开了电脑。

令他诧异的是，电脑的系统似乎与之前的不同了，是一个更加高级的样式。

开机后，屏幕上的年份显示并不是白钰星认为的那样——

而是五年后。

五年后的 4 月 22 日。

一个仍是周三的 4 月 22 日。

他不小心跳出了循环。

慌乱之中，白钰星想打开家门，可发现被反锁了。无奈之下，他决定从窗户翻出去——毕竟，这里只是普通的二楼。

在家里找到了一些钱后，他带上《暗网》，离开了家。没有找到钥匙的他已无家可归，颇有“壮士一去兮不复返”的感觉。

五年后的街上好像并没有什么大变化，依旧是汽车与行人的来往。

白钰星走向学校，想进去，却被保安拦住了。“你不是我们学校的吧？鬼鬼祟祟地来干什么？”

“那个，我想问一下，最近五年来，学校有发生什么变化吗？”

“变化？最大的变化就是五年前的那个校长被查处了，从此，这儿声名一直不太好啊！你不会连这个也没听说过吧？当时闹得沸沸扬扬的。”

“抱歉，”白钰星编了个理由，“我不是本地人，能跟我具体说说吗？”

“具体我倒也没那么清楚。”

“好的，谢谢啊。”白钰星向他道了谢，明白自己真的来到了五年后。

现在，该怎么办呢？

白钰星想起了他买《暗网》的书店。

去那里看看吧！

凭印象走了好久，白钰星在一家超市门口停下了。理论上，这里本该是一家书店才对。

他走进超市，向一位收银员问道：“几年前这里原来的书店，您知道去哪儿了吗？”

“我记得是倒闭了吧，好像。”收银的姑娘想了一会儿，如是回答。

白钰星觉得有些扫兴，又感到一丝悲凉："那这附近有什么好一点的书店吗？"

"有的，就过那条马路……"姑娘热心地指点道。

沿着对方所说的路线走，白钰星很快看到了大街旁一家喧闹的大书店。店门口挤满了人，叽叽喳喳地讨论着什么。

白钰星也走上前去。

"哎呀，这《天空专列》也太火了，我又没买到啊！""我也是，之前听说写得很好，可来买的时候总是缺货了。"

"您好，你们在讨论什么呢？"白钰星礼貌地打断了众人的谈论。回应声此起彼伏。

"最近有一本书很出名，叫《天空专列》，是一册难求啊！""对啊，这本书的作者安染，据说还是个海归呢！""你竟然连这个也没听说？这可是近几天的大事呢！""对啊，这《天空专列》还是人家的处女作呢！这可真是'出道即巅峰'啊！"……

这么多的信息量让白钰星不知所措。"那你们有听说过《暗网》吗？"他问。

"'暗网'是什么？"

"也是一本书。"

众人摇头，表示从未听说过。

在城市里兜了一大圈，白钰星总算在一家不起眼的小书店里，高价购得了盗印版的《天空专列》。

叙事风格的确与《暗网》如出一辙。

这么说，《暗网》来自更遥远的未来吗？

草率地解决完中餐与晚餐，白钰星几乎花掉了所有的现金。

这一整天，他都在担心着原来的世界。柯雨棠现在会在经历着什么呢？他又该如何回去？

一切都成了谜。

傍晚时分，他走回家门口，叩响了门扉，怎奈无人应答。

现在，又该去哪里过夜呢？

迷茫与无助包围了他。

他回到了大街上，漫无目的地游走着。

不知过了多久，一家昏暗的网吧出现在他的面前。

今晚，暂且这样吧。

也不知明天，将会是哪一天？

他有些后悔逃出学校了。

他很后悔。

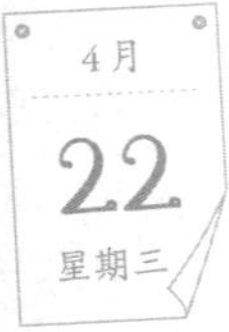

第三十天：

追寻

白钰星又做了噩梦。

梦里是柯雨棠的背影，她那风中凌乱的长发使他失神。他看见了她绝望的回眸。她头也不回地走了。他去追，可越是向前奔跑，她的背影就越远。脚步越来越沉重，他再也抬不起任何一条腿了。他一脚踩空。

他醒了，醒在网吧的座位上，怀中抱着《暗网》。

电脑上显示的日期仍是 4 月 22 日，星期三。只不过，时间相较于昨日又过去了六年。

六年，又是一个 4 月 22 日的周三。

白钰星不再怀疑一切的真实性了。事实上，怀疑也没有什么意义了。他所处的世界又未尝不可能是一个幻象呢？这一切是不是都只是那个幕后者所制造的幻象呢?

谁也不知道。

他打开浏览器，想看一看这一天的新闻。

“作家安染昨日被发现在家中服药自杀”的头条犹如一道霹雳，击中了白钰星。

他咽了一口口水，点开了这条新闻。新闻报道中说，安染被发现时，已经过了有效抢救期。她在大学期间曾被确诊过心理疾病。在她写作的几年内，病痛一直折磨着她。在她的房间内，一份长篇小说的手稿被人发现，题目为《暗网》……

白钰星的呼吸慢了半拍。他继续向下看。

“根据安染的亲笔遗书，她不愿向公众展示自己的真名，但希望能将《暗网》献给一直爱着她的书迷朋友们……”

他看了看手中的《暗网》。

他又来到了那家嘈杂的书店。

很快，摆有安染作品的书架就被他发现了。除了《天空专列》之外，还有其他的长篇、中篇或短篇集：有名叫《惊鸿楼》的，也有名为《千纸鹤与梦》的。不过，最吸引白钰星的，是一本长篇的《守护游乐园的她》与一本短篇集《孤风之屿》。

所有书都包着一层透明外包装，上面标有让白钰星顿觉囊中羞涩的价格——他已经身无分文了。

他摇摇头，离开了书店。

他打算前往市图书馆。

其实，白钰星之前并不常去那儿。那里的建筑颇有二十几年前的遗风，人流量也不大，显得不大景气。因此，当白钰星发现这个十一年后的图书馆仍然存在时，不由得感慨万分。这里的外墙仍是残破不堪，不过给白钰星带来了亲切感。

走进内部，图书管理员前来迎接这位稀客。这是一位四十几岁的妇女，白钰星印象中似乎没有在图书馆里见过她。

“请问这里有安染的作品吗？”他问。

“你也是她的读者吗？这边，我带你去！”对方的表情被惊喜的神色取代了。看得出，她似乎是安染的书迷。

“你很喜欢安染吗？”白钰星边走边询问道。

“是啊，我是她的忠实读者，她的每一部作品我都非常喜欢。只可惜……以后，她再也没机会写出新的作品了……”她的神情变得凄婉起来。

白钰星叹了一口气：“唉，你说她为什么会选择走这条路呢？”

“我听说过关于安染的一段故事。”她领着白钰星走进了一排排书架之间，“她曾有过一段真挚的恋情，他们两情相悦。然后，据说在安染的某次生日那天，男生突然就如人间蒸发了。从此，安染就变得闷闷不乐了。然后，过了四年，她就写了《天空专列》这本书。不知道，这段故事是不是真的啊……”

“啊？那这个男生未免也太渣了……”

“是的嘛！不过，换个角度想，若是安染没被人抛弃过，恐怕她也写不出这样的作品了。”

“也对……”白钰星停下脚步，望着书架上被安放在一起的安染作品。

不对！

这段经历，似乎听起来有些熟悉……

幕后者，是安染？

白钰星从他怀中拿出了《暗网》。

“这是……”图书管理员像是看见了珍宝一般，“能给我看看吗？”

白钰星把书递给她，她如获至宝地翻阅，嘴中喃喃自语：“的确只有安染能写出这样的句子……”

她抬起头，向白钰星乞求道：“你是从哪里获得的这本书？你出个价，卖给我吧！”

他摇摇头：“不能卖给你。不过可以先借给你看。”

“啊！也行也行！借我一晚要多少钱？您开个价吧！”

白钰星明白，即使拿到再多的钱，也会在第二天化为乌有。“我身上没钱了,而且没有地方住,”他说，“能不能供我一天的吃饭与住宿？这样就够了。”

“要不这样，图书馆二楼有个空房间，你就凑合着先住那儿吧。我的房间就在那间隔壁。”

“可以。”

“谢谢！谢谢您！”她笑逐颜开，“你先在这儿看一会儿书吧。等你饿了，就来找我吧。”

一天下来，白钰星读完了《守护游乐园的她》《孤风之屿》，还多读了一本同为安染作品的《星图》。他抱着试图从书中找到有关安染与这个循环的线索的目的翻开这些书，但除了被内容深深打动之外，没有任何实质性的发现。

夜里，他要回了《暗网》，躺在床上思索着。

安染竟然是幕后者。可以说，她是一个来自

未来的人物，但她又是以何种方式与白钰星所在的过去取得联系，并控制时间循环的呢？安染写完《暗网》的时间大约就是他现在所处的时代，而目前的科技水平显然还没达到造出时光机什么的程度。这实在是匪夷所思。

白钰星曾问了图书管理员安染的年龄，她说安染大概只有三十岁不到，具体也不好说，也无人知晓她具体的身份。

而对于重回原先的循环的方法，他更是毫无头绪。

根据他的计算，下一个 4 月 22 日的周三，似乎还要再过十一年。

也许明天，他就会去到那里。

明天，会给他答案。

4月

22

星期三

第三十一天：

树洞

白钰星从噩梦中醒来。

他身处一片废墟，怀里仍拥着《暗网》。

这是十一年后的老图书馆，一个不复存在的地方。

天空是灰色的，如同他手中的《暗网》封面一般。

一只黄色蝴蝶降落在白钰星的书上。白钰星认得它。

它也一定认得白钰星。

“蝴蝶，你究竟是谁？之前，你其实一直在帮我，对吗？”

蝴蝶的翅羽微振，似在给他回答。

“蝴蝶，能告诉我这个世界到底发生了什么吗？

我到底为什么被困在了这里？”

蝴蝶飞了起来，像是在给他引路。

蝴蝶飞啊飞，越飞越高，越飞越快。

当白钰星再也找不到蝴蝶时，他正在一家普通的早餐店门口。

它只是为了把他领到这里？

餐店里，挂在墙上的电视里正在播放早间新闻。

“二十一年前的‘洛伦兹号’跨国游轮失事案件今日终于告破……”

白钰星走进早餐店，望向电视。

“此案件系肇事者沈某与游轮公司总管葛某勾结串通，在‘洛伦兹号’上提前安装了引爆装置而导致了悲剧的发生。警方调查中发现，沈某曾任玉涵高级中学的校长并因徇私枉法、滥用职权被查处，由此深挖出了一系列黑暗的关系网。日前，所有涉及的相关人员均已被警方控制。关于‘洛伦兹号’案的更多细节正在紧张追查中……”

白钰星一眼就透过马赛克认出了沈云端。

他沉默了。

一切的一切，难道都与他有关？

他走出早餐店，肚子已经饿扁了。

蝴蝶再次出现了。

“你到底要告诉我什么？”

蝴蝶不语，向前方飞去。

白钰星顾不上饥饿，赶紧跟了上去。

不知走了多久，蝴蝶停在了公园的一张长椅上。

长椅的一头，坐着一个正在看手机的年轻男人。

白钰星半信半疑地走到长椅后，窥看向男人手机中的内容——好像还是“洛伦兹号”的事。

男人回过头，疑惑地看了一眼白钰星。

“您好，您……是在看关于‘洛伦兹号’的新闻吗？”为了消除尴尬，白钰星先开了口。

“哦，是呀！”对方的疑虑似被打消了，“你看，这二十多年前的人心真是险恶啊！瞧！这里有一条最新发现，我看完真觉得恶心……”他把手机拿给白钰星看。

“惊天事实！最新消息！”报道中这样写道，“据警方进一步调查，葛某在二十一年前向大众公布的遇难者名单实则并不完整，而是进行过删改的。现将完整遇难者名单公布于下：……”

“真不知道，这个葛某哪来的这么大胆子，竟敢删改这种人命关天的东西！而且警方也是的，二十多年就没有调查出任何东西吗？哎？你怎么了？”男人正说着，发现白钰星的表情冻住了。

白钰星在名单上看到了自己的名字。

过了好久，他又开口了："这次事件，是什么时候发生的？"

"二十一年前啊！报道里面不是写了吗？"

"我是说，具体时间，几月几号。"

"这我忘了，大概五六月份的样子吧……"

蝴蝶又飞了起来。

白钰星道了声"谢谢"，把手机还给了男人，继续追向那点黄色的身影。

白钰星来到了一片与图书馆现在一样荒凉的地方。

他认出来了，这是他的学校——玉涵高级中学。

不过，已成了废墟。

校园里的树木没有了人的照料，仍然顽强地生长着，已经挺高大了。

"蝴蝶，你到底是谁？我到底怎么才能回到二十二年前？"

蝴蝶飞进校园，飞到一棵大树后面。

那里竟然有一个树洞，洞大到可以容下一个人。

白钰星走了进去。

天旋地转后，他失去了意识。

4月

22

星期三

第三十二天：

归心

闹铃在清早准时响起。

白钰星能感受得到自己紧握着《暗网》的手。

他回来了。

疯一样地奔向食堂，他点了三大碗面做早餐，吃得一点儿不剩。

他要去找柯雨棠。

柯雨棠不在教室。白钰星急得直跺脚。

他已经开始想象一切可能发生的不好的事情了。

可是，柯雨棠还是出现了，一身红衣，恍如初见时分。

“柯雨棠！”他叫了出来。

“你是……”她看起来并没有认出他是谁。

白钰星知道，真的出事了。“没什么。”他只说了这三个字。

他用尽所有的力气转身向操场狂奔。

打开信箱，白钰星发现了一本《暗网》。

真是上天保佑。

化学课一下课，白钰星就走进了高三（6）班的教室。他直直地走向柯雨棠，把书放在了她的手上。

那一刻，他看见她几乎要哭出来了。

“你到底干吗去了？为什么，为什么抛下我一个人？”呐喊室里，几近崩溃的柯雨棠用质问的语气向白钰星吼道。

“我也一直很担心你！”白钰星尽量用沉着的语气回应，“出了学校后，发生了太多的事情，我一直不知道该怎么回来！”

“难道不是你把我一个人抛下了吗？这三天里，我每天来找你，而你却不认得我了。整整三天！我写信给她，而她却一直告诉我，这就是我永远无法逃出的结局！一开始，我真的不相信，以为只是出了什么意外。可结果呢？我每天在校园的角角落落找你的《暗网》，希望你能把我想起来，但我真的力不从心了！我真的一天比一天过得煎熬！昨天，我已经彻底死了心，于是想干脆把一切忘了算了，所以才把书放进了信箱！可你现在又回来了，你怎么证明自己不是故意这么做的？！”

“你这是被幕后的她蛊惑了！你还不明白吗？我怎么可能无缘无故地抛下你？”

“可是，这三天的我是有多痛苦，你不知道！”

“我怎么会不知道？我的心和你一样痛苦！”

“你拿什么证明？”

白钰星咬咬牙，用力将她抱住了。

他把她的手放在他的胸口。

“我用这颗跳动的心和我的灵魂来证明。”

柯雨棠的泪如决堤的洪水，再也止不住了。

最终，他们还是一起吃了晚饭。

“中午的事，对不起了啊！”柯雨棠红着脸，不敢直视白钰星的眼睛，“我那么不信任你，让你失望了。”

“没事，你现在选择了相信我，这就够了。”

“所以，你出了学校后，发现了什么？”

“我似乎穿越到了未来……”白钰星把有关安染的事都说了一遍，但对于沉船的事件却只字不提。

“我觉得，我们应该再写一封信，问问她是不是真的……”听毕，柯雨棠看向白钰星，轻声说道。

“放心！”白钰星浅浅地微笑，“我已经把这封信寄出去了，在体育课的时候。”

现在，只需要等明天的回信了。

4月

22

星期三

第三十三天：

拯救

“我知道你是安染，也知道你经历的绝望，告诉我你的故事吧！我愿意倾听，真挚地。我愿意将你救赎，如果可以的话。”

这是前一天白钰星寄出的信。他模仿的是柯雨棠的笔迹。

安染回了信。

“在风华正茂的时候，我与他坠入了爱河。我是那么爱他，就像我爱着玫瑰、爱着云彩、爱着大海和童话。在那个生日，我是多么期待他能给我一个惊喜。可是，他走了，消失了，没有留下一声再见。我的心就如被淹没在了沙尘暴中，溺死在了鲸的腹中，如同花园长满了杂草，萤烛熄灭了流光。我想，你不会懂的，就像我也曾不懂这一切。”

读着这封信，白钰星五味杂陈。没有告别的离开是很痛苦的，他知道的。

也许，安染所爱的那个他，也只是和昨日的白钰星一样，并没有伤害她的本意呢？

也许，安染曾爱的那个他，也正在苦苦地寻找着安染呢？

可白钰星也知道，安染最后等了整整十年，选择了结束自己的生命。

也许，他必须救下安染，改变未来，才能逃出这一切。

“让我来给她回信吧！”看完信，柯雨棠的双眼是湿润的，“我懂她。经历了这一切后，我已经明白了这种苦痛。可是，她也不能为此夺走他人的青春。无论怎么说，她的行为不是明智之举。这样，何尝不是对她自己的一种折磨呢？”

白钰星点点头，把权利交给了柯雨棠。

“我会让她明白，爱自己才是最重要的。”她坚定地补充了一句。

寄出信后，两人走在夕阳的余晖之下。

地上二人的身影在不断地拉长。

“你说，我们会不会其实只是安染笔下的人物？就像《苏菲的世界》那样？”柯雨棠突发奇想。

“谁知道呢？也许是，也许不是。谁知道呢？”白钰星喃喃道。

“安染……其实，也怪可怜的。对吧？”

“是啊，从她写的字里行间其实也可以品味得到。没有这段经历，或许也没有安染了。”

“希望我写给她的信,能让她重新认识自己吧！”

“但愿如此……”

4月

22

星期三

第三十四天：

雨夜

转眼间，又是一天。

白钰星再一次孤身来到小树林，取出信箱中泛黄的信纸。

“可是我不甘心，这种情愫终究还是化作了愤怒。我的真心在岁月的流逝中被一点点地冲刷殆尽，苦痛化作绝望，绝望化作愤怒。凭什么？凭什么我要经历这种摧残？我的心正在快速老去，因为被人遗忘的滋味是无法从内心深处剥离出来的。你终究是无法体会……”

白钰星并不想再读下去了。

他明白，要让写信的人醒悟过来并非易事。只是，他的心中有了一个疑问：是什么促使着安染能在整整十年的悲愤之中坚持创作的呢？

一切似乎都能从《暗网》中找到解答。

他知道，在书的最后，男主抛弃了女主，而只有女主一人逃离了偌大的迷宫。

可是，在不知道哪一日的一次内容变化中，情节一度变为了男主舍身让女主一个人逃出迷宫。

也许，安染是这样相信过吧？

或者说，她其实一直只是不愿相信吧？

她其实，一直在等着那个他回来吧？

她只是不愿承认自己的思念吧？

白钰星将一张白纸铺平，笔尖倾泻出他心中的那些话。

夜幕已至，白钰星坐在座位上，望着桌上的试卷发呆。

天竟然下起了淅淅沥沥的小雨。

在座的同学没有人为此而惊讶，也不必为此而惊讶，只有白钰星一人知道这意味着什么。

一个晴朗的夜晚，在这一天，变成了幽咽的雨夜。

雨，如泣如诉。

是安染在哭泣吗？白钰星无从得知。

下课铃响起，晚自习结束了。

白钰星没有伞。他见到柯雨棠时，她手中拿着一把浅蓝色的伞。“我们走吧。”她说。

伞面很小，两人几乎挤在了一起。

他们都没说一句话。

在分别的路口，柯雨棠望向他。

白钰星也望向了她。

他们不知道明天一切会不会改变。

谁知道呢？

也许会，又也许不会。

谁知道呢？

4月

22

星期三

第三十五天：

真相

清晨的路面是湿的。

时间是 4 月 22 日，一个平常的周三。

操场上，晨跑的只有两个人。白钰星穿越湿漉漉的草丛，打开沾满雨水的信箱。

信箱里很干，而且什么也没有。

白钰星又一次与柯雨棠会面了。

“她没有回信。”他说。

“这样啊。”她答。

“你怎么了？”白钰星问道。

“白钰星，是你吧？”

“是我。我在呢。你不舒服吗？”

“白钰星，我们第一次遇见，是在什么地方啊？”

“嗯？是在一处走廊的拐角啊！你不记得了吗？当时，我跑得很快，把你的书给撞掉了。”

“我……记不起来了。那一段记忆好模糊，我已经记不清了。白钰星，我这是怎么了？”

现在，慌张还有什么用呢？白钰星摇了摇头，说：“别怕，别怕……这一定是因为，我们就快逃出这个循环了吧。”

连白钰星自己都惊讶于自己为什么要说出这样一番话。

他觉得自己也有些恍惚。恍惚间，他的脑海中又浮现出那个树洞。

他想找到答案。

那只蝴蝶一定知道一切吧！

柯雨棠正在遗忘，这是不争的事实。可白钰星已尽了自己的一切努力了——他有这种感觉。

安染得到救赎了。他敢肯定。

他不明白，一切为什么突然变得凌乱不堪。

他跌跌撞撞地来到一棵树前。

树背后是一个小小的树洞。

蝴蝶就在树洞里。

“蝴蝶，你究竟是谁的化身？”

蝴蝶不说话，当作是回答。

“其实，你就是安染爱的那个他吧！就像《促织》里的那样，对吗？”

蝴蝶的触角仍一动不动。

“其实，你一直都在，对吗？你也想拯救她，对吗？”

蝴蝶微微抬起腿，又放下了。

“告诉我，这一切的真相，究竟是什么？你一定知道的吧？”

蝴蝶展翅而飞，带着白钰星去寻找答案。

蝴蝶翩然落在柯雨棠的头上。她好像戴上了一朵小小的黄色头花。

她的背影在暖阳下还是那么动人，那么美，那么令人难以忘却。

“柯雨棠……”白钰星张开嘴，却没发出任何声音。

毫无征兆地，她转过头来。

只是一个回眸。

一个忧伤的回眸。

她似在问他：“如果重来一次，你还会选择这样做吗？”

她的确开口了：“白钰星，如果我把你忘记了，你还会爱我吗？”

“当然了。”

“你不会把我忘了的，对吗？”

“当然，当然了。”

白钰星的双眼酸汪汪的。他一直都爱着她啊！就算她把他忘记，他也会将一切讲给她听，让她记起来的。就算一切重来,他也会甘愿为她付出的。就算重来，他一样会陪她吃饭，与她谈心，为她不惜一切，支持她，默默注视她，拥抱她，深吻她……等她考上了心仪的大学，他也一定会思念她，与她联系，给她惊喜。也许，等他也高考完了，他就可以在她生日那天，漂洋过海去见她，让她感受到真正的惊喜与幸福……

他好像明白了。

4月

22

星期三

第三十六天：

末路

这个世界似要崩塌了。

白钰星的潜意识里有这种感觉。

他写了一封信，只有五个字。

这是他第一次使用独属于最本真的自己的字迹写了信。

也会是最后一次。

“我一直都在。”

蝴蝶陪着他进入了小树林。

或者说，他陪着蝴蝶。

他庄严地把信塞入了信箱。

这一次，蝴蝶停在了他的指尖。

它的翅膀慢慢垂下来了。

白钰星轻抚它的翅膀。

他将把它埋入融融的春泥中。

她望向他，没有说话。

“柯雨棠？还能记得我吧？”

她点点头，又摇摇头。

白钰星苦笑了一下。

阳光下的她很耀眼。

“陪我在校园里走一走吧。”她说。

吵闹的男生们从走廊打闹着走过。

聚在一起的女生们叽叽喳喳讨论着什么。

他们走过了他，走过了她，走过了教室，走过了窗。

他们走过林荫路，走过鸟语花香。

可又是谁，走过了谁的青春？

4月
22
星期三

第三十七天：

梦圆

闹钟，在清早准时响起。

白钰星不记得昨晚那个梦里是谁的面孔，但不能不承认，昨夜是一次难得的好觉。

拿起枕边的《暗网》，他变得平静下来了。

窗帘被呼啸着拉开，晨光再次倾泻入这个小小的寝室，照在墙上的涂鸦和日历上。

白钰星细致地把 4 月 21 日的日历撕下，折起来，藏在了上衣口袋里。

阳光明媚的周三。

令人心动的周三。

“对不起！她也许就快忘了你了吧？那就在这之前，把我的书付之一炬，然后，与她一起逃走吧。我也只能帮你到这儿了。谢谢你。”泛黄的信纸上，有肉眼可见的泪痕。

还是熟悉的高三（6）班门口，还是熟悉的她。

“还记得我吗？”他笑着问道。

“记得，你是白钰星，是个很温暖的人，与你在一起的时候，我会感到很快乐。不过，好像只记得这些了。”

“那么今天的中饭、晚饭，还有每一个课间，都由我陪着你，好吗？”

“嗯。”她点点头，眼中是无限的清澈。

像回到从前。

但他已不再青涩。

白钰星在尽他最后的力量。

最后的最后，该回寝室了。

柯雨棠主动来到了他的班级门口。

“白钰星，我们走吧。”

一切像梦一样。

一切都那么真切。

他们没有走向寝室，而是走到了一个没有人的地方。

在昏暗的路灯下。

“柯雨棠，把我的《暗网》还给我吧。”

柯雨棠把书交给了他。

“我很爱这本书，”她说，“它真的很触动我。”

“我也是，不过我需要一把火。”白钰星望着她。

“可是，现在去哪里找火呢？”

对呀，火在哪里呢？

一团火出现在他俩之间。

两人都不惊讶，好像这团火就应该出现一样。

“喏，这是你的《暗网》。”白钰星把另一本书交给了她。

她接过书，把书投入了火焰中。

他也没有犹豫，把书放进了那团火焰。

火光照亮了他们的眼眸。

“这样，就结束了。”他说着，火慢慢熄灭了。

“明天，我就会记起一切了，对吧？”她盯着地上的灰烬。

“一定会的。”白钰星摸摸她的头。

他也说不准。也许会，也许不会。谁知道呢？

世事无常。

她拥抱了他。

她吻上他。

他闭上双眼，努力不让泪流出来。

又或许，是想象中的眼泪。
谁知道呢？

白钰星躺在寝室的床上。
已经熄灯了，世界没有杂音。
其实他并不知道明天将会发生什么。
不过有一点，他一直深信不疑：
明天，将会是 4 月 23 日。

后记

高三下学期的三月份，窗外的花正开得烂漫，而我却在课桌与试卷的缝隙里，用十四天的时间完成了这部《一天心动》。此刻回想，仍觉不可思议——在高考倒计时的重压下，我竟放任自己潜入一个虚构的世界，编织出白钰星与柯雨棠的故事。但或许，正是那段被课业填满的日子，让我对“重复”与“突破”有了更深刻的理解与执念，这才催生了此篇关于时间循环的青春物语。

这本小说并非我对自己经历的影射，而更像是一卷为纪念即将逝去的高中时光而谱写的诗篇。高中生活的底色是黑白的，但又不乏纷呈的色彩点缀其上：晨跑时踩碎的落叶、食堂里排成长龙的人群、课堂上全班的哄堂大笑、走廊中央偶然相撞的瞬间……这些细碎的日常，像被时光打磨过的宝珠，被悄悄捡起，串成了白钰星与柯雨棠的相遇。

关于时间循环的设定，最初源于对“如果”的想象——如果某一天无限重复，我们是否能够面对既定的结局而依然勇敢？至少书中的白钰星做到了。身处无尽循环的他茫然无助，而柯雨棠的出现，像一簇熊熊的火苗，将他心头的迷茫之雾驱散。他在日复一日的周三中笨拙地靠近真相，笨拙地学会珍惜，笨拙地试图改变命运的轨迹。也正是那愈加坚定的心、亘古不灭的爱，推动着他与她无畏地反抗命运、反抗这个世界的规则。

故事最后，两个灵魂在混沌中完成对彼此的救赎，走出了过往的青涩。世界的真相也在这过程中被豁然揭开：安染与柯雨棠是同一灵魂的两种姿态，前者是被现实压垮的写作者，后者是仍相信奇迹的追光者；而那只如影随形的黄色蝴蝶，正是白钰星跨越时空的化身——他以缄默的振翅声叩击循环的边界，用褪色的荧光指针为迷途者标记归途。至于那本神秘的《暗网》，则恰是对青春的隐喻——它是困住主角的迷宫，也是解开谜题的钥匙；是记忆的载体，也是未来的伏笔。纵使被困于迷茫的网，也要去照亮这无尽的暗——也许，这就是青春最无悔的样子吧！

如今，小说完结，高考也已结束。回望这段创作历程，它像一场短暂的逃亡，让我从公式与考卷中抽身，在文字里重构了一个更自由的世界。尽管我们并不知晓白钰星最终是否打破循环，但他与柯雨棠在一次次“重置”中留下的痕迹，或许正是青春最真实的写照：我们总在重复中成长，在遗憾中学会放下，学会郑重其事地告别。

最后，感谢每一位读到这里的你。若这个故事能让你想起某个相似的午后、某次未说出口的心动或某段试图挣脱桎梏的时光，便已足够。青春本就充满未解的循环，而创作与阅读，或许是我们留给自己的，最温柔的出口。

张烜滈

2025 年 2 月